古斯塔夫·克林姆

GUSTAV KLIMT

高特弗里德·弗里德爾

Gottfried Fliedl

古斯塔夫·克林姆
GUSTAV KLIMT

1862 – 1918

以女性形式存在的世界

塔森

TASCHEN

KÖLN LISBOA LONDON NEW YORK PARIS TOKYO

第 2 頁：
戴帽子和羽毛圍巾的女士， 1909 年
Dame mit Hut und Federboa
畫布、油彩，69 × 55 公分
維也納，奧地利畫廊
(Vienna, Österreichische Galerie)

© 1998 Benedikt Taschen Verlag GmbH
Hohenzollernring 53, D–50672 Köln
Cover design: Angelika Taschen, Cologne
Chinese translation: Wang Ching, Taipeh
Chinese editing and typesetting: China Consult, Bonn

Printed in Italy
ISBN 3-8228-9176-2

目 錄

克林姆受歡迎的程度

1977年的夏天，一趟從雅典（Athens）到維也納（Vienna）的旅程就如往常般誤點了，需要40個小時才能抵達維也納。和我同在一個車廂的，是位在某一所藝術學院任教的日本教師，他和我的目的地相同。這位日本人就像那些典型來自遠東地區的旅客一樣，打算6天之內遍遊歐洲，而在2天1夜的旅程後，卻只在維也納停留10個小時而已。他到維也納的目的只有兩個：觀賞奧圖・華格納（Otto Wagner）的建築和古斯塔夫・克林姆（Gustav Klimt）的作品。

克林姆名聞遐邇，受歡迎的程度可以從無數相似的例子中窺知，欣賞他作品的人從一般大眾到學院派系如藝術或社會史的專業人士都有。現代主義派藝術家似乎少有人如他般受到如此廣泛而又持續的歡迎者（我們最好先別急著為「現代主義」下明確的定義，也別急著斷言，這一範疇在何種程度上適用於克林姆的作品）。

克林姆的作品是如此頻繁的出現在大眾媒體上，連知名度能夠和他抗衡者如達利（Dalí）、波依斯（Beuys）、畢卡索（Picasso）或沃霍爾（Warhol）都自嘆弗如，他們的作品也未能如此廣泛的運用在各式廣告媒材上，或者作為促銷的商品。這種對克林姆藝術持續不衰的喜愛，從他的作品一再被使用可以看出；特別是在奧地利，這些作品甚至出現在出人意表的物品上。喜歡的話，你可以用飾有克林姆圖案的磁磚裝點浴室，也可以在客廳中掛上手工刺繡製成的克林姆畫作，而現成的針繡圖片更是唾手可得。此外，隨處隨地均可購得以克林姆的主要作品印製的海報、彩繪玻璃或是明信片。新藝術（Art Nouveau）發掘出女性的身體或裸體是最好的廣告媒介，這種題材，至今依然盛行不衰，克林姆在他作品中所表現出的情色意味與精緻細膩，也一直是廣告中取之不竭、用之不盡的題材。

例如奧地利流傳最廣的小報，就曾經使用克林姆的作品為刊登的奧地利人性愛生活的報導作宣傳；而為了全球電視現場直播的維也納交響樂團（Vienna Philharmonic）新年音樂會，他們更利用真人來模仿克林姆世界知名的巨作〈吻〉（第117頁），演出一幅栩栩如生的「活人畫」；知名的出版社也會想要利用克林姆的作品來刺激

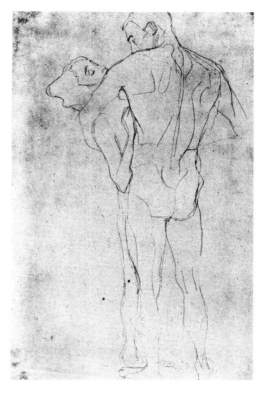

站立的裸體情侶，約1908年
Stehendes nacktes Liebespaar
鉛筆，55 × 35公分
維也納，歷史博物館
(Vienna, Historisches Museum)

貝多芬飾帶（局部），1902年
Der Beethoven-Fries
酪蛋白、灰泥底，220公分高
維也納，奧地利畫廊
(Vienna, Österreichische Galerie)

消費者的購買慾；而克林姆作品的海報甚至肩負起保證銀行財務可靠性的大任。克林姆的作品一而再、再而三的被使用，不時的被媒體複製和加工，因此可以通行到社會的各個階層。像〈吻〉這樣的作品，既可以在中產階級的客廳中作為優雅的裝飾，也可以作成海報，掛在窮學生的床邊。

奧地利的教育部也對克林姆的作品付出極大的心力。國家不但花錢購回〈貝多芬飾帶〉（第104頁），更所費不貲的由聯邦文物古蹟維護局（Bundesdenkmalamt）進行整修，這也清楚表示了，克林姆為眾所公認的、奧地利偉大的藝術家。奧地利的前任總理布魯諾・克萊斯基（Bruno Kreisky）曾特別呼籲儘早修復和保存這個原為「維也納分離派」（Wiener Secession）時期的壁畫，他利用個人的影響力，在演講與為文之際，均特別強調，這位藝術家在他的時代曾遭世人漠視，但是今天終於撥雲見日、被視為不世出的天才了。

在修復〈貝多芬飾帶〉的同時，這件作品也以原件的大小複製，以便在各地展出，如此一來，原作便成為一件獨立自足的藝術品了。〈貝多芬飾帶〉初始的目的，只是作為「維也納分離派」展覽的一部份。計畫中，全體展覽乃是一件完整的作品，而預計在展出後將該飾帶予以拆除，所以〈貝多芬飾帶〉當初製作的時候，是以相當廉價的質材作成的，但是後來它卻成了永久留存的藝術傑作，因此最後被送回老家分離派會館。但是在那裡，它並不是被放在用來展示分離派作品的主要大廳，而是單獨在地下室特別闢設的一間大廳裡陳列展出。

這些都是克林姆作品受歡迎程度的明證，因此是否應該將他列入現代主義派畫家，仍有待商榷。他的作品隨處可見，遠不同於其他現代派的重要人物。現代主義派畫家如杜象（Duchamp）、馬列維基（Malevich）、蒙德里安（Mondrian）和馬格利特（Magritte）象徵了開創新時代重大改變的主角，而且是現代主義藝術發展過程的典範。而對克林姆，我們卻很難去界定，其人與其藝術是否和這些人相同，包含一種尖端性的、對現實全新而又批判性的視野。

當漢斯・侯賴恩（Hans Hollein）舉辦〈夢與現實〉（Traum und Wirklichkeit，維也納，1986年）的展覽時，以克林姆的主要作品作為這一展覽的部份重點，而〈吻〉一作的展示方式，像是一件可供崇拜的神物。雖然展示內容「夢」與「現實」之間有著如此強烈的對比，但是卻沒有人會將克林姆的藝術歸類為「現實」的一部份。克林姆見證了整個帝國的衰敗和西方文化末日般的實驗，但他的作品與其說是對沒落中的哈布斯堡（Habsburg）王朝時期世紀末（fin de siècle）社會現狀一種批判性的、前衛性的關照，無寧說是對毀敗社會一種狂喜出神似的反照。即使是在活著的時候，他也被人認為

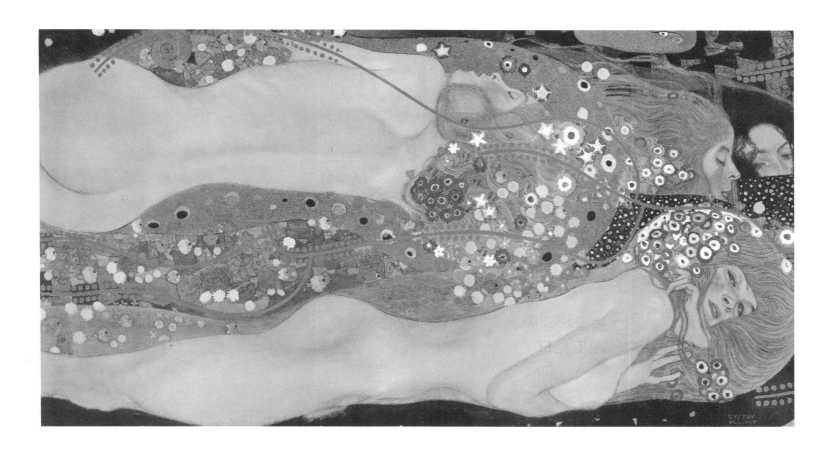

水蛇 II， 1904–1907年
Wasserschlangen II
畫布、油彩，80 × 145公分
維也納，私人收藏

是所謂的「頹廢者」──一種世紀末隨處可見的、自我放縱的典型。時至今日，對衰落中的哈布斯堡王朝的興趣重又復甦，但上述對克林姆的評價卻隨而消逝了。

所以，當我們檢視克林姆的藝術地位時，應該更進一步的思索：克林姆的作品應該歸入二十世紀藝術史的範疇嗎？無庸置疑，他的作品大都作於本世紀，但影響他晚期藝術發展的重要因素，如習藝階段以及繪畫生涯的肇端等，卻可追溯到十九世紀中產階級自由主義孵化成型的七○和八○年代。如果再進一步考慮，他的藝術是對歷史主義與快速興起的工業化浪潮的一種棄絕，那麼克林姆的藝術不就更該屬於這段與哈布斯堡王朝共同傾覆消失的文化嗎？

當然，許多藝術史學家認為，克林姆只是分離派的成員和贊助者。他們想要反叛已過時的藝術觀念，同時對現代主義在維也納的突破，產生了決定性的影響。因此，克林姆被視為是一個開啟新藝術表現方式的畫家和版畫藝術家；在政治上和藝術上，他也被歸類為年輕、具叛逆性的新一代人物。有的時候這種特質反映在他的作品上，會呈現出一種近乎宣傳式的味道，例如他的分離派展覽的宣傳海報。以上的這一切，再加上他偶而以領導者、組織者或團體發言人的身分出現，儘管他非常的沈默寡言，依然使他成了現代主義派的拓荒者。克林姆甚至還被冠上前衛派藝術家的封號。如果我們將前衛定義為一種在藝術上、社會上甚至政治上的反叛，那麼當我

們第一眼看到克林姆的作品時，可能就會下這樣的論斷。在美國，文化歷史學家卡爾・秀斯克（Carl Schorske）在一篇重要論文中提到，克林姆的生命和作品是一種對於他父親和他父親那一代藝術的一種抗議和反抗。秀斯克視由此伴隨而來的衝突是一種「開放的自我之危機」（crisis of the liberal ego），這種危機在克林姆作品中隨處可見。但是我們也知道，分離派藝術家和國家政治的合作雖然只持續了短短幾年，在政治上保守，但夾雜著藝術上追求革新的精神，因此這種進步性仍有其限度。矛盾的是，當時維也納當局認為藝術是一種還未受到任何政治問題污染的媒介物，這種看法，旋即證實了是一個天大的錯誤。奧地利教育部長則認為，藝術可以以一種令人堅信不疑、不受各種社會與種族危機影響的方式表達國家概念——一種國家的統一與各民族間的統一之概念。當時很多藝術家的確認同鼓舞愛國情操的文化和藝術活動，因此會將一己，乃至自我的志業奉獻給這種國家概念，有的時候甚至願意為王朝而獻身。

顯然，他們所追求的美學革命與他們與主流文化間的休戰是相互矛盾的；而前衛藝術家與頹廢藝術家之間，前者以分離派為支柱，後者也另有自己的組織，雙方有了強烈的對峙。前衛藝術家一度遭到唾棄，但是現在卻廣受崇敬和支持。這兩派勢力間的敵對態度所產生的諸多問題，我們會在以後的章節中逐一討論。這些有關克林姆的魅力、受歡迎的程度和各種的論題，導致了各類對他作品的藝術評價以及文化意義的歧異與爭議，凡此爭議至今仍然引發各界的高度興趣。

克林姆的聲望仍然在持續上昇，藝術史學者也逐漸發展出更為精確的研究方法來分析克林姆作品中重要的議題，加上複製藝術品的技術日漸完美，因此更提高了他作品的魅力。此外，在威尼斯、維也納、巴黎和紐約等地舉行，獨以世紀末的哈布斯堡藝術及文化作為內容的展覽，也重又點燃了人們對克林姆作品的興趣。當然，藝術市場的推波助瀾也功不可沒。在克林姆過世的同一年，他的素描就大規模的在古斯塔夫・尼貝黑（Gustav Nebehay）的畫廊中展出，而今天重要的藝術捐客仍然積極的在世界各地展示他的作品。（1）在1908年的「藝術展」（Kunstschau）當中，克林姆更達到了他事業的頂峰。這場以數件克林姆的作品作為焦點的展覽，被描述為是克林姆的「錦衣」。在卡爾・克勞斯（Karl Kraus）數度撰文諷刺克林姆的《火炬》（Die Fackel）雜誌上，也刊登奧圖・史圖斯爾（Otto Stoessel）的一篇文章。史圖斯爾在文中寫道：「雖然克林姆天賦異稟，並具有最精緻高超的才華，但他卻是自身『品味』的犧牲者，因此他就像所有逝去的事物一般為人所遺忘。」（2）——如此離譜的藝評還真是少見。

「我並不善於演說或寫作，特別是在當我必須發表對自己或自己作品的感想時……如果有人想知道做為藝術家的我，是否也是個值得稱道的人，就必須仔細的看看我的作品，然後從中了解，我是怎樣的人以及我的目標是什麼。」
——古斯塔夫・克林姆

10

克林姆的聲望

若想瞭解克林姆，我們便必須謹記，克林姆從生前至今，一直為一些如影隨形，形成重大影響的陳腔爛調所包圍，其中一種說法認為克林姆是個被埋沒、被誤解、甚至受迫害的藝術家。維也納前任阿伯汀納版畫收藏館（Graphische Sammlung Albertina）的館長曾說過：「古斯塔夫‧克林姆在他的時代總是遭到激烈的排斥，從歷史和社會史的角度來看，這是無可避免的。在那個時代，學院派的美學理論日漸失勢，而人們則全力維護他們所熟悉的事物；在這種環境下，必然會爆發出一股強烈的怨懟之氣，結果使得人們覺得，不光只是他們的美學價值受到威脅而已。」（3）事實上，當時對一位與時代對立的藝術家究竟應該如何的看法，到底有幾分適用於克林姆，依然有待商榷。早在繪畫生涯之初，克林姆便已是當時維也納文化圈中的熱門話題了。1903年赫曼‧巴爾（Hermann Bahr）出版了「反對克林姆」（Gegen Klimt）一書。巴爾自己原本是分離派組織的會員之一，常常替協會撰寫文章。在這本書中，他收錄了所有攻擊克林姆的言論，並且為他貼上「法外之徒」的標籤。

巴爾早在1901年就為克林姆冠上「受迫害的藝術家」之名。克林姆在為維也納大學所畫的初稿，所謂的〈學系繪畫〉（第76–89頁）曾引起部份的爭議，致使巴爾將他描述為是個不被承認、遭到誤解的天才，他必須要面對具有敵意的公眾，因為他只為自己的藝術負責任。「這個年輕的藝術家成名得很快，其他藝術家、鑑賞家、門外漢和那些客戶都對他尊敬不已……他極可能很快便會大獲成功。克林姆前途光明，再過幾年可能就會成為教授，而且他也可能就此安定下來，過著安靜舒適的生活。但是這一點並不吸引他。他總是不滿足，覺得自己可以做得更好。他覺得自己從未真正的全心投入，覺得自己正以自己也不懂得的語言作畫，他說的並沒有錯。最後他再也無法忍耐了，一直到現在他才瞭解是什麼造就了一個真正的藝術家——這便是一種可以傳達他獨特內在世界的能力。這一世界在他之前從未出現過，在他之後也不會存在。表現這種世界正是他想要做的事，他想要變得獨一無二。克林姆曾經經歷過無

站立的裸女，朝右，以肘支身，約1900年
Stehender Frauenakt nach rechts aufgestützt
紅粉筆，32 × 45公分
維也納，歷史博物館
(Vienna, Historisches Museum)

數的危機，一直到他滌盡所有外於自身的因素，習得他所需要的技巧，才終得成為一位表現一己的藝術家……但是出人意料的事情發生了：他不只遭到誤解，無知的人也開始充斥街頭，喧嚷著、咆哮著反對他，並且利用最卑劣的政治手段攻擊他。他遭到譴責、懷疑和誹謗，而公眾的本能也被挑撥起來反對他……」（註4）

巴爾的這番言論旋即以小冊子的形式印刷和發行。他巧妙的推出一種概念：一個寂寞的藝術家隻手抗拒社會的敵意，一個獨立自主、具創意的個體，不為傳統所縛、也不為任何勢力所影響；由於叛逆的藝術特質，而必須面對公眾的敵意——這便是進步的具體表現。這種藝術家為了維護自己的使命，而遭社會排斥的觀念，事實上是十九世紀，一種為藝術家定位的偏見。令人驚訝的是，這種觀念至今仍然相當的流行。克林姆是分離派中傑出的成員，有時甚且還是他們的會長。這個藝術組織對所有傳統形式的藝術一概反對，但卻依然享有高度的尊榮。在當時一幅作品中，畫出了分離派藝術家謁見奧皇法蘭茲‧約瑟夫一世（Franz Joseph I）的情景：畫中克林姆正介紹分離派的成員給這位統治者，畫面上所見的是年已耆耄的魯朵夫‧凡‧艾特（Rudolf von Alt）。這幅畫的價值不僅在於它的軼事性，更在於畫中顯示了政治上對分離派成員的認可和肯定。雖然部份的王室成員反對分離派，但是這次的謁見場面卻證明了分離派在國家和政治上的重要性。主要是因為教育部長哈爾特爾（Hartel）對他們的厚愛，分離派方能好幾年獨享這種地位。

當哈布斯堡王朝面對的危機達於頂峰時，似乎所有社會、國家和經濟的問題都糾纏在一起了，而他們卻無力去解決。當局認為，藝術——或者更廣泛的說——文化，是一種能在社會各團體間建立起一種和諧氛圍的力量，因此國家給予各種藝術團體極大的支持。圖中謁見的場面看起來似乎無關緊要，卻記錄了當政者的期望，具現了保守的政治和進步美學結盟的一種嘗試。這種結盟也是分離派所賦予自身的「任務」：他們希望能以美學提昇生活品質，促進藝術大眾化。對克林姆而言，不管是身為一介個人或是藝術家，他當然都獲得了公眾的認可和肯定。他替維也納大學所繪製的〈學系繪畫〉這一大型計畫的失敗，並不足以證明克林姆不為世人認可、或者他是「次文化」的藝術家。這個極端榮耀的委託案的確開啟了無數的爭端，而之前也已引發與維也納環城道路（Ringstraße）大型公眾建築的諸多爭議，致使克林姆放棄了。儘管如此，在1900年以後，克林姆仍然輕易獲得了無數的贊助人、具影響力的藝評家和新聞記者等的支持。自從他的弟弟與海倫妮‧福勒格（Helene Flöge）結婚之後，也等於替他打開了進入上流社會之門，而最重要的是，克林姆仍然繼續接受重要的委託案，這使得他在物質上不虞匱乏。

音樂 I，1895年
Die Musik I
畫布、油彩，37 × 45公分
慕尼黑，巴伐利亞邦立繪畫作品收藏處，新畫廊
(Munich, Bayerische Staatsgemäldesammlungen,
Neue Pinakothek)

1900年於巴黎的萬國博覽會（Paris World Fair）中，克林姆獲得了一面金牌獎的殊榮；一年之後，巴伐利亞邦立繪畫作品收藏處（Bayerische Staatsgemäldesammlung）也購藏了他的〈音樂 I〉（1895年，第13頁），而在1902年他的第一批素描也由阿伯汀納版畫收藏館所購置。1903年第十八屆分離派的展覽獨獨為克林姆的作品而舉辦；而1908年的「藝術展」也專門以一間大廳呈示他的作品。1905年，克林姆榮獲了德意志藝術家協會（Deutscher Künstlerbund）所頒發的羅馬宮獎（Villa-Romana-Award）；1906年，他成為巴伐利亞皇家美術學院（Royal Bavarian Academy of Fine Arts）的榮譽會員之一；而就在他過世前不久，克林姆還成為了維也納美術學院（Academy of Fine Arts）的榮譽會員，雖然後者在他生前不曾提供給他任何的教授席位。

克林姆之所以被刻畫成一名不起初不受認可，而後來聲譽崇高的藝術家，主要是大眾對他重要作品的冷漠，以及美術館對展出他

13

情侶，朝右，1914年
Liebespaar nach rechts
鉛筆，37 × 56公分
收藏者不詳

的作品興致缺缺的緣故。〈貝多芬飾帶〉（第104–113頁）的整修和
展示，以及對重新發掘克林姆的沾沾自喜，反映了政治人物們不僅
力圖藉由文化重整來提升他們自身的知名度，同時也希望以這種方
式作為對過去錯誤的一種補償，直到二十年前，〈貝多芬飾帶〉還
在儲物庫中逐日毀損，無人理會；1960年時，林茲市（Linz）還反
對花費300000奧地利先令購買他的〈瑪格瑞特・史東波羅－維根斯
坦〉（第217頁）的肖像畫，這幅畫曾經借給了奧地利畫廊（Öster-
reichische Galerie）展出。（5）

　　克林姆仍在世時，文學界和學術界便已對他開始產生興趣了，
第一篇有關他的論文專述是在1920年出版的。到了1960年代，這股
重現克林姆藝術的潮流登上了頂峰，而且幾乎將他作品的每一個層
面都逐一探討過。同時一波世紀末的維也納特展也代表了對他前所
未有的崇仰。當漢斯・侯賴恩展出他的「夢與現實」時，仰慕克林
姆的熱潮也分在巴黎和紐約兩地興起，這種盛況只有1908年的「藝
術展」可與比擬。但他成名最重要的因素，在於他被視為是情色的
大師。尼克・華格納（Nike Wagner）曾經描述他是「那個時代最偉
大的情色畫家」（6），　秀斯克也稱他是「以心理學手法描繪女人的
畫家」、「愉悅的愛慾發現者」（7）。阿雷珊德拉・科米尼（Ales-
sandra Comini）則說他是「偉大的窺淫者」，因為他所有的作品都
為情慾的糾纏所主導（8）。葛爾特・馬藤克洛特（Gert Mattenklott）
也寫道：「克林姆是情與色的大師，而且獨獨鍾情於此。這種特質
是如此的濃厚，以至於除了情色之外，其他的東西都被排除在外
了；不論他感知的是什麼東西，他總是以這個角度切入。」（9）最

後夏克‧勒‧萊德（Jacques Le Rider）評論道：「克林姆整體作品的表現，是對主導現代主義母系原則最高的發揚光大。」（10）

這些人士對克林姆所作的評述，導致了探討克林姆的論述中，不論是在他在世時或是過世之後，都出現了挑動情色慾念的語言。這種語言的目標在於再創他的藝術，甚至超越他的藝術。有些作者指出，情色可以視為社會政治和文化進步的動力，因此認為克林姆對女性解放和對為人遺忘已久的情色力量的再發現，具有重大的貢獻。在世時，克林姆就已經對他的時代與當時落伍的文化道德觀抱持著批判的態度。「克林姆永恆的成就」，漢斯‧比桑茨（Hans Bisanz）在1984年寫道：「是將藝術作品中人物的描繪自道德和機會主義的束縛中解放出來，並藉由一己的風格，表現出人類內在世界基本的心智形象；這種形象勾勒出了人類各別命運中恆遠不變的元素。」（11）最後，就像上述的引言所暗示的，克林姆可以被視為心理學家，一如他同時代另一位大師西格蒙‧佛洛伊德（Sigmund Freud）一般，探索、分析人類的心理現象，並追尋相同的目標。

秀斯克在文中指出，克林姆與分離派在文化與自我的探究上與佛洛伊德在科學、醫學和治療學上的目標相同：「克林姆是一個尋覓者，他在現行的文化中，總是以批判的精神來檢視自身經驗裡和環境中一切可疑或有問題的現象。一如佛洛伊德，他也想要藉由挖掘自己的靈魂深處，來找出困惑他的問題，同時經由呈顯自己以為他人提供一個解答……就像佛洛伊德對古文明和考古挖掘不變的探索熱情，克林姆也使用古老的象徵物作為一種寓言式的橋樑，並且將其轉化為挖掘人類本能，特別是色慾本能的一種工具。從一個上流社會的裝飾畫家，克林姆此時一躍，變為以心理學手法描繪女性的畫家……克林姆將女性視為是一官能性的生物，而且從中抽繹出所有的色慾、痛苦、生與死的元素加以發揮。在他一系列的素描當中，克林姆真正想要瞭解的是真正的女性特質。」（12）

當然，這也非常容易誘使我們將克林姆是一位不被接納、受到排斥的藝術家，與他對情色主題的耽溺這兩種觀點拉上關係。但如果說克林姆因為露骨的情色描繪而被人排斥也不盡真實。克林姆唯一一次被起訴的案子，肇因在分離派展覽海報上他畫上的男性裸體；後來克林姆補救的方式，是在男性的生殖器上畫上一根小小的樹幹。在另一件牽涉到分離派雜誌《聖春》（Ver Sacrum）的案子裡，法院還特別強調，藝術的自由應該高於檢查制度的要求。但是在克林姆替維也納大學所製作的天花板壁畫的這個案例中，公眾的憤怒部份是直指他所畫的裸體。但大多數的抗議事件以及後來所以會全盤否定他作品的原因，主要還是因為克林姆的世界觀與中產階級對進步的看法以及他們對科學的信仰南轅北轍之故。

克林姆的維也納——今與昔

上圖：
維也納的部份景觀，前景處為聖史蒂芳教堂（St. Stephan），約 1860 年
水彩，雅各布・阿爾特（Jakob Alt）所繪
由法蘭茨・桑德曼（Franz Sandmann）石版印刷複製
維也納，奧地利國家圖書館圖片收藏室
(Vienna, Bildarchiv der österreichischen Nationalbibliothek)

對頁，上圖與下圖：
維也納街景，約 1900 年
維也納，歷史博物館
(Vienna, Historisches Museum)

對頁，中圖：
撒赫咖啡館，照片上為當時奧地利人坐在戶外的景像
維也納，奧地利國家圖書館圖片收藏室
(Vienna, Bildarchiv der österreichischen Nationalbibliothek)

維也納，旅客造訪世界博覽會圓形建築物的屋頂，1873年
維也納，奧地利國家圖書館圖片收藏室
(Vienna, Bildarchiv der österreichischen Nationalbibliothek)

維也納，世界博覽會， 1893年
維也納，歷史博物館
(Vienna, Historisches Museum)

奥圖・華格納（Otto Wagner）：
多瑙河運河，新阿施帕恩和斐迪南橋，1897年
Donaukanalregulierung. Neue Aspern- und Ferdinandbrücke
鉛筆、墨水、水彩，98 × 72公分
維也納，歷史博物館
(Vienna, Historisches Museum)

奧圖・華格納（Otto Wagner）：
卡爾廣場電車車站，透視法的效果， 1898年
Stadtbahn: Haltestelle am Karlsplatz
鉛筆、墨水、水彩，65 × 46公分
維也納，歷史博物館
(Vienna, Historisches Museum)

21

宮廷花園，國王法蘭茲‧約瑟夫紀念雕像
Burggarten, Kaiser-Franz-Josef-Plastik

在「馬悠里卡大樓」（Majolikahaus）屋頂上的人物裝飾
維也納左區（Linke Wienzeile）

奧圖·華格納（Otto Wagner）設計的「馬悠里卡大樓」（Majolikahaus），正立面

「馬悠里卡大樓」（Majolikahaus）的裝飾物

高特弗理德・森珀（Gottfried Semper）和卡爾・哈森奧爾（Carl Hasenauer）設計的
布爾格劇院（Burgtheater），1874–1888

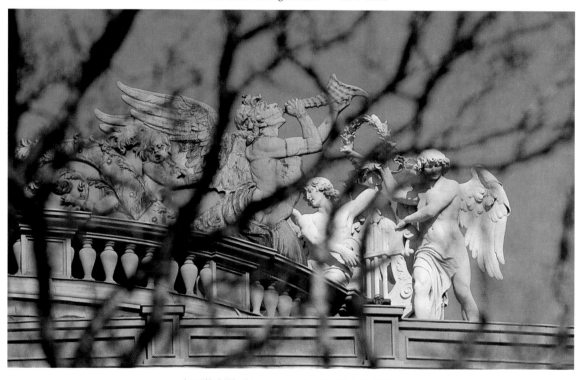

布爾格劇院（Burgtheater）的屋頂人物裝飾

習藝時期

古斯塔夫・克林姆在1862年7月14日生於維也納郊區的包姆嘎藤鎮（Baumgarten），在家中的七個小孩中排行第二。他的父親恩斯特・克林姆（Ernst Klimt，1834–1892年）是位雕金師，出身波西米亞的農家子弟，在8歲時遷居到維也納來。而他的母親安娜・克林姆（Anna Klimt，1836–1915年）婚前姓芬斯塔（Finster）原籍維也納。

在維也納第七行政區接受了八年的中、小學教育之後，1867年，古斯塔夫・克林姆14歲時轉入了奧地利皇家帝國藝術暨工業博物館（K.K. Österreichisches Museum für Kunst und Industrie）附設的應用藝術學校（Kunstgewerbeschule）。這兩個機構都是在1860年代開明政治和文化自由的高峰期所創設的。繼英國倫敦的南肯辛頓博物館（South Kensington Museum）之後，皇家帝國藝術暨工業博物館成為歐洲大陸第一所應用藝術博物館，而該校則是維也納第一所根據中產階級教育理念創設的一座現代化學校。這座博物館不僅是對公眾做陳列展示，它的主要目標在於提供工藝與工業界視覺上的參考材料。而博物館在教育上最重要的目標之一是，提昇整體製造業「品味的水準」。為了促進和強化這個目標，所以更進一步建立了應用藝術學校。博物館不僅在藝術和應用藝術發展上提供了直接的視覺教育，更提供了一個探究藝術形式和技術的機會；應用藝術學校則協助博物館達成這種功能，並在結合產業工藝與藝術的前提之下，教導實用的技巧和知識。

這兩個「文化性和工業性」的機構也著眼於提昇生產、發明和促進──套句當時的用語──「美學水準」，同時也希望能夠帶來經濟上的效益，因為一個設計較精美的產品，通常在國際市場上也會有較佳的銷售量與競爭力。但是這種高度專業化的工藝卻使得製作過程更為昂貴，結果事與願違，最後這所學校和博物館在產業上的影響力也因此微乎其微，不久即告消萎。

然而，對應用藝術的興趣日益增長，並不僅歸功於這所新學校與它所提供的系統化訓練。在1860年代，中產階級自由派的政治角色日益壯大，因此加強了他們的文化自信，數目逐漸增加的私人和

義大利文藝復興，1890/91年
Italienische Renaissance
（右側局部：但丁半身像和小孩）
油彩、灰泥底，約230×40公分
維也納，藝術史博物館的柱間畫
(Vienna, Kunsthistorisches Museum)

義大利文藝復興，1890/91年
Italienische Renaissance
維也納，藝術史博物館的拱間和柱間畫
(Vienna, Kunsthistorisches Museum)
油彩、灰泥底，每幅拱間畫作約230×230公分

埃及藝術 I 與埃及藝術 II
Ägyptische Kunst I und II
希臘古典 I 與希臘古典 II，1890/91年
Griechische Antike I und II
拱間和柱間畫
維也納，藝術史博物館
(Vienna, Kunsthistorisches Museum)
油彩、灰泥底
每幅拱間畫作各約 230 × 230 公分
每幅柱間畫作各約 230 × 80 公分

公共建築以及藝術作品都是由一些中產階級的顧客所指任委派的，因此博物館和校方都經由提供相關方面特殊的訓練設備，來滿足學習與發展應用藝術的需求。而環城道路沿線的公共與私有建築計畫，更提供了整個世代的藝術家各式各樣大規模的裝飾工作。這段在維也納工業快速擴展的階段，被稱為「環城道路時代」（Ringstraßenära）。許多應用藝術學校的教師和藝術家都參與了這些重要的計畫，而在這些人的教學以及理論當中，他們也代表了「折衷派」（eclectic）歷史主義的藝術觀，大膽採用了各種不同時代的藝術風格。1870到1880年代的維也納，仍是由義大利文藝復興的風格所主導。與其他宏偉的政府和教育機構一樣，應用藝術學校和博物館也都座落在環城道路上。

　　克林姆一開始也上了應用藝術學校的義務預修課程，由米夏埃爾·里澤（Michael Rieser）、路德維希·米尼格羅德（Ludwig Minnigerode）和卡爾·赫拉侯維納（Karl Hrachowina）授課。克林姆學習裝飾素描、臨摹三度空間和平面裝飾物與商業藝術品；有時也從石

十四世紀的羅馬和威尼斯，1890/91年
Römisches und venezianisches Quattrocento
拱間畫和柱間畫
維也納，藝術史博物館
(Vienna, Kunsthistorisches Museum)
油彩、灰泥底
每幅拱間畫作各約 230 × 230 公分

膏像和圖畫來作人體素描練習。與這些實用課程同時並行的還有一連串有關投影技法、透視法、風格以及其他理論課程。上述課程結束後，克林姆師事畫家費迪南・勞夫伯格（Ferdinand Laufberger），在他的專門繪畫班深造。1881 年勞夫伯格過世後，這一課程則由尤里烏斯・維克多・貝爾格（Julius Victor Berger）接手。貝爾格的風格與漢斯・馬卡特（Hans Makart）的風格神似。

克林姆的弟弟恩斯特（Ernst）和格奧爾格（Georg）也是出自這所應用藝術學校，格奧爾格是雕刻師與金屬鏤刻匠，曾為哥哥古斯塔夫的作品雕刻製作了無數的畫框。有趣的是，在世紀轉換邁向現代化的進程中，很多倡導自由和解放藝術創造力束縛的藝術家不是和該校淵源深厚、在那裡受過訓練，就是稍後在應用藝術學校教書。一直到分離派的菲利西安・凡・米爾巴赫男爵（Felician Freiherr von Myrbach）進行教育改革之前，仿真被認為是歷史主義藝術教條的最高法則，教學的內容就是以寫實的手法徹底的模仿題材（有的時候甚至根據照片來畫），而克林姆的入學考試就包括了素描古代

跨步向前的男性裸體，朝右， 1877–79年
Männerakt in Schrittstellung nach rechts
鉛筆，以白色強調， 42 × 27公分
維也納，歷史博物館
(Vienna, Historisches Museum)

的女性石膏頭像。對這種教學方式的不滿在建校後的二十年後開始
萌芽，最後更達到批判的高峰。人們批評應用藝術學校只是一間訓
練素描技術的學校，無法充分將所學運用在日後的工作上，因此無
法達成在藝術和經濟方面「提昇品味水準」的目的，也無法創造出
一種美學上成熟的藝術商品，以提高國內和國際市場上的競爭力。
其實這種批評之聲，在當時也已針對歷史主義的美學觀點而發了：

奧地利藝術暨工業博物館
Österreichisches Museum für Kunst und Industrie
維也納，奧地利國家圖書館圖片收藏室
(Vienna, Bildarchiv der österreichischen National-
bibliothek)

「觸目所見，不論是菜單、酒瓶上的標籤、火柴盒、香菸頭或者其他什物上，盡是些空洞、到處氾濫的邱比特裸像、人面獅身像、半獅半鷲的怪獸和葉片裝飾圖形……這些乏味的作品，都是由一些從來沒有看過或研究過原作的人塗抹上去的；這些人知道的，只是迎合潮流，畫出膚淺的外形而已。」（13）

　　克林姆在該校就學時，應用藝術學校已曾試圖改革，但似乎並沒有具體的成效。一直要到分離派掌權時，著重實用性的課程改革才初見端倪，他們捨棄對歷史題材的臨摹，強調自主性的藝術創作力，憤然抨擊經濟繁榮的時代，藝術界的任意取材，也全力批評當時那種規矩謹嚴、不重思考的教育方式。不管別人怎麼看待這種批評，他們一定忽略了模仿原作在技巧訓練上的優點。由克林姆早期的作品，便顯示了他對藝術史典範的臨摹，以及紮實的藝術技巧，提供了他後期事業急速發展的良好基礎，而且也開啟了當初還完全被歷史主義文化所主導的「環城道路時代」的先聲。克林姆的風格主要呈現了兩種極端不同的特色，介於嫻熟的寫實技巧和抽象的成份之間，也介於平面性的裝飾性圖形和對三度空間中人物雕像般的表現法。無疑的，這些特質都得自附屬於奧地利皇家帝國藝術暨工業博物館的應用藝術學校所傳授的，廣泛的訓練。

早期作品和繪畫生涯的肇端

克林姆是應用藝術學校十九世紀時，唯一一位甫出校門藝術事業便已輝煌燦爛的學生。他的老師們和該博物館的創始人魯朵夫・凡・艾特伯格（Rudolf von Eitelberger）都曾助他一臂之力。他的老師里澤請求克林姆和他的同儕法蘭茲・麥希（Franz Matsch，1861–1942年）與克林姆的弟弟恩斯特一起製作環城道路上第一座最大的建築物還願教堂（Votivkirche）的彩色玻璃窗，因此里澤和艾特伯格對克林姆之獻身繪事功不可沒。（14）

克林姆和他的弟弟與麥希共同創立了一個「藝術家工作室」（Künstlercompagnie），他們大多受惠於晚期環城道路時代的建築計畫。最初，他們只是在哈布斯堡治下的首都以外的地區工作，三個人都在一間叫做「斐納與黑爾馬」（Fellner und Hellmer）的公司任職，這家公司的業務以建築劇院為主，他們三人因而也參與了在菲烏梅（Fiume）、今為捷克利貝雷次（Liberec）的賴興貝格（Reichenberg）、今為捷克卡羅維發利（Karlovy Vary）的卡爾斯巴德（Karlsbad）和布加勒斯特（Bucharest）等地的劇院裝飾工作。

學業完成之後，他們三人仍然和應用藝術學校以及博物館的館長保持聯繫，這位館長在當時的文化圈子是位赫赫有名的大人物。由一封在1884年由這三個人共同寫給艾特伯格的信中，可以明顯的看出這些年輕人渴望在歷史主義主導的藝術市場中建立自己的名聲。他們圓滑的在信中提及了自己對傳統的忠誠擁護，以及他們三人同心協力，可以以較低廉的價格接受較大工程委託案。他們寫道：「在我們的工作室成功建立後……謹將我們工作室的服務項目扼要的呈獻予閣下您。學校師長（作者案：勞夫伯格和貝爾格）的教誨如此廣博，我們都深蒙其利。我們何其有幸能夠如沐春風、聆聆訓誨。我們都受業於相同的師長之下，因此我們每個人都謹記他們珍貴的教誨。如果我們三人在未來持續合作無間、互助互信，循此正途前進……三人同心，其利斷金，我們必定能迅速的完成各項委託，經驗也能持續增長。直到今天，我們的活動範圍多局限在首都之外的小城鎮以及國外，因此我們至誠的希望能承接較大的委託

象徵畫〈瓊妮斯〉的習作定稿，1896年
Reinzeichnung für die Allegorie »Junius«
黑粉筆、鉛筆、擦拭，以金色凸顯，42 × 31公分
維也納，歷史博物館
(Vienna, Historisches Museum)

愛情，1895年
Liebe
畫布、油彩，60 × 44公分
維也納，歷史博物館
(Vienna, Historisches Museum)

案，將業務範圍拓展到我們的故城之內。此刻，機會可能就在眼前，因為維也納許多宏偉的建築即將完工，而這些建築物已交付出去的裝飾藝術案可能是最重要的那一部份，因此最優秀的藝術家應該已經忙得分身乏術了⋯⋯」（15）

他們三人的「至誠希望」就是能夠參與偉大的環城道路建築計畫──最後他們終於成功了，從1886年到1888年得以為布爾格劇院（Burgtheater）的兩個樓梯間繪製天花板畫。那時克林姆也在繪製他的〈泰斯庇斯的三輪車〉（編案：源自希臘劇作家泰斯庇斯，意為巡迴演劇團）、〈倫敦的球形劇院〉、〈戴奧尼索斯的聖壇〉、〈陶米那的劇場〉〈維納斯的聖壇〉等作品。「藝術家工作室」的三人後來也參與了宮廷藝術史博物館（Kunsthistorisches Hofmuseum）的樓梯間裝飾工作。早在1879年，克林姆就已應他的老師勞夫伯格的請求，協助以括除法創作的壁畫工作。替藝術史博物館裝飾這個巨大的樓梯間，在藉以顯示皇家對藝術的慷慨支持，同時也是中產階級自身的一種炫示。這件工作原先是由漢斯・馬卡特主持，但是他因為在工作中途驟然過世而使得這項工作中斷。「藝術家工作室」受委託根據該博物館應用藝術典藏處處長阿爾貝特・伊爾戈（Albert Ilg）的設計繪製拱間和柱間（第28–31頁）的繪畫，他們必須研究博物館中所有的展覽品，嚴格遵循歷史主義範例中的每一個細節。

這兩份工作使得克林姆和他的同儕，接觸到了自由派中產階級的樂觀心態以及對進步的信心。譬如這兩座博物館正立面的立體裝飾，以及克林姆也參與製作的一系列畫作，以表現歷史上幾個文明

寓言，1883年
Fabel
畫布、油彩，85 × 117公分
維也納，歷史博物館
(Vienna, Historisches Museum)

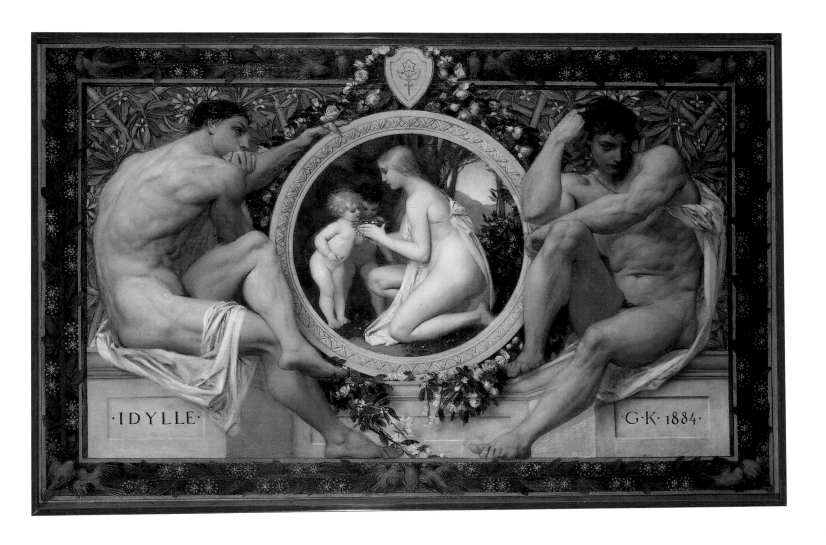

牧歌，1884年
Idylle
畫布、油彩，50 × 74公分
維也納，歷史博物館
(Vienna, Historisches Museum)

進展的傑出範例，成為頌揚文化進步的「凱旋進行曲」。而最符合此種信念的藝術形式，莫過於依據嚴格規定而作的所謂「歷史畫」了。這種畫類，嘗試將過往歷史細節（服飾、室內佈置、裝飾等等）以纖毫不差的方式，原原本本的模擬再現，藉此使觀者對歷史產生認同感。如此，就如戲劇和舞臺世界，可被視為希臘、羅馬和莎士比亞戲劇當然的繼承者一般，中產階級也可以視自己為過往優秀文化的承繼者，及將這種成就推向頂峰的推動者。

更重要的是，除了從事劇院裝飾之外，克林姆還另外接受委託，依循十九世紀中產階級的精神與審美觀，繪製了老布爾格劇院的觀眾。1887年，因為劇院即將拆除，最後一場表演訂在1888年舉行，維也納市議會委託克林姆和麥希繪製老劇院的內部景觀。克林姆的〈老布爾格劇院觀眾席〉（第40頁）呈現的並非一般的劇院景觀，而是以如攝影般精確的手法顯示了維也納上流社會的實況。這幅畫不但證明了克林姆對自由派中產階級文化的認同（16），同時他也因這幅畫獲頒帝國獎章，而後建立起了自己的名聲。克林姆這件作品的精準度足可和攝影相抗衡，但因為他的這幅畫屬於繪畫創

斜躺女孩的上半部，朝右，兩件手部習作，
1886–88年
Oberkörper eines liegenden Mädchens nach rechts
und zwei Handstudien
黑粉筆，擦拭，以白色凸顯，45 × 32公分
維也納，阿伯汀納版畫收藏館
(Vienna, Albertina)

中年男子的半身像，半側面，朝左（維也納布爾
格劇院的天花板畫），1886–88年
Brustbild eines älteren Mannes im Dreiviertelprofil
nach links （Deckenbild des Wiener Burgtheaters)
黑粉筆，以白色凸顯，43 × 29公分
維也納，阿伯汀納版畫收藏館
(Vienna, Albertina)

躺著的男子頭部，以手支身（維也納布爾格劇院的天花板畫）1886–88年
Kopf eines aufgestützt liegenden Mannes
(Deckenbild des Wiener Burgtheaters)
黑粉筆，以白色凸顯，28 × 43公分
維也納，阿伯汀納版畫收藏館
(Vienna, Albertina)

作，因而可說是比攝影更高一級。據說，克林姆還製做了複製品贈送給幾位畫中人。在這幅群體的肖像畫中，觀眾充分展示了他們在社會上和歷史上的地位與重要性。觀眾們在觀賞戲劇，但他們並不只是觀眾，還是在自己眼前演出的歷史的主角。

這幅「社會風情畫」如攝影般的精準描繪，加上許多人希望能在畫中出現，都顯示了它的作用：不僅要讓畫中人辨識出他們自己，也要讓他人能認出畫中人物，由此認定他們是當時文化菁英的一員。因為這些人在世紀轉換的時刻，視自己為推動的手，而恣意享受他人的歡呼。

這幅畫對克林姆的意義也同樣重大，因為這幅畫使得他在維也納上流社會中得到肯定；雖然不是人人都欣賞他的作品，但是這份肯定卻足以幫助他走過日後繪畫生涯中所發生的種種衝突。對克林姆的肯定，表現在他所獲得的獎章上，而之前他也已經因為布爾格劇院的樓梯間裝飾贏得了「金十字勳章」（Golden Cross of Merit）。但是公眾的肯定，卻並未誘使克林姆全盤接受自由派中產階級的文化樂觀主義。最晚到了創作〈學系繪畫〉（第76–89頁）時，克林姆便已開始反對當時仍為主流，但已開始動搖的中產階級自我意識。

而他反對這種意識的方式，也同時撼搖了克林姆身為藝術家的自我定位和帝國鼎盛時期的藝術信念。

當一位出版家委託克林姆出示有關寓言、象徵圖式這類「華麗作品」的初稿時，克林姆又再一次接觸到了——雖然是一種寓意式的——典型的歷史題材。這種作品的主旨已經涉及到自然和社會生活之間「全面性」的象徵性關聯。這種特質克林姆後來在〈學系繪畫〉中也表現了出來。克林姆的第一本初稿中，素描包括了〈童話故事〉、〈晝夜〉、〈自然界〉〈青年〉和〈歌劇〉，另外還有油畫如〈寓言〉（第36頁）和〈牧歌〉（第37頁）等。克林姆的第二本初稿集成於1895年，其中包括兩張素描〈雕塑〉（第44、69頁）和〈悲劇〉（第45頁）以及繪畫作品〈愛情〉（第34頁）。

〈愛情〉一畫顯示了克林姆構圖技巧成熟、內容上的特點，以及他一而再、再而三不斷重複使用的創作題材。畫中除了一對愛人之外，還收納了其他的角色，將這對愛侶納入更廣闊的象徵情境中，使原來有限制性的主題延伸而至包括全人類。青年、老年以及其後作品中以女性形象表現的「敵對力量」，往後也變成了他作品的主要特色，象徵了對人生與幸福的種種威脅，以及對二者必然隨時間消逝的無奈。克林姆的作品〈布爾格的演員路易斯基扮演卡洛司〉（第50頁）和〈愛情〉是同年完成的肖像畫，二者在構圖的技

手持觀劇望遠鏡的男士，側面和背面像，右手
習作，1888–89年
Profil- und Rückenansicht eines Herren mit
Theaterglas, Skizze der rechten Hand
黑粉筆，以白色凸顯，43 × 28公分
維也納，阿伯汀納版畫收藏館
(Vienna, Albertina)

老布爾格劇院的觀眾席，1888年
Zuschauerraum im alten Burgtheater
膠彩、紙，82 × 92公分
維也納，歷史博物館
(Vienna, Historisches Museum)

為〈戲劇〉象徵畫所做的習作，動作和服裝的
習作，1895年
Studienblatt zu einer Allegorie des Theaters,
Bewegungs- und Kostümstudie
墨水筆、水彩，以白色凸顯，39 × 26公分
維也納，歷史博物館
(Vienna, Historisches Museum)

巧上類似，同時都包含了象徵在內（戲劇表演藝術）。為了避免象
徵形象破壞畫中人物的尊貴，故而將這一形象置於畫框上。這個形
象展現的是老化與女性的雙重特質——醜陋和美麗，暴躁和和諧。
　　〈愛情〉一畫畫上去的寬闊畫框，創造出了一種形式上的張
力。這一「畫框」將觀者的注意力引到畫面本身。主角之外的次要
人物觀察著這對戀人，就像是觀眾注視著舞臺一般。在〈雕塑〉（第
44頁）的象徵中，象徵藝術史不同階段的頭像，看起來就像是在圍
欄上的觀眾。他們的眼神，就像是我們凝注畫中女性蛻變的眼神。
這一古典雕塑般的象徵形象以她空洞的眼神抗拒男性的目光。她就

如同獅身人面像一般，是那些由雕像還原為活生生的人物的「反像」。

1898/99年，克林姆開始接受一件私人的委託案，這件委託案與先前官方大型環城道路的建築案完全不同。工業家尼可勞斯·頓巴（Nikolaus Dumba）委託馬卡特、麥希和克林姆三人為他位於公園路（Parkring）那座巨宅的三個房間從事建築設計與室內裝飾。克林姆負責的是音樂室，他設計了壁飾，同時還繪製兩幅門肩的圖畫（說明：鑲嵌入門上的圖畫），包括〈音樂II〉（第46頁）和〈彈鋼琴的舒伯特〉（第47頁）。對生活在1900年左右的人來說，住宅的室內

〈青春〉的習作定稿，1882年
Finished Drawing for »Die Jugend«
墨水筆、水彩，以白色凸顯，38 × 26公分
維也納，歷史博物館
(Vienna, Historisches Museum)

管風琴演奏者，1885年
Orgelspielerin
為布加勒斯特（Bucharest）國家劇院的〈音樂象
徵〉所做的底稿
畫布、油彩，38×50公分
維也納，奧地利畫廊
(Vienna, Österreichische Galerie)

設計和藝術氣息是非常重要的。居住空間被視為是一個私有領域，在此個人可以擺脫社交生活，修心養性，享受不受干擾的氣氛。「氣氛」是一種心理上和美學上的舒暢感，也是借以詮釋當時室內設計要求的一個關鍵概念。這一對室內設計的全新觀念，給予藝術家機會，嘗試並實現他們對「總體藝術品」（Gesamtkunstwerk）和空間「整體心理效果」的構想。這些觀念，後來成為分離派展覽的特色。各別的房間，一系列的房間，乃至整棟別墅都可以以單一、完整的藝術綱領加以統合，而連最小的細節也都配合無間，有的時候連居住其中的人物服裝也須配合房子的整體設計。

在為頓巴所設計富饒「氣氛」的別墅中，也反應了往昔的穩健風格（Biedermeier）。利用這種穩健風格（大約介於1815年至1848年之間），中產階級第一次有機會為自己創造出適合自己的室內環境。這種風格既反映了他們的自覺，也表現出了他們的謙遜、含蓄；後者特別反映在它所營造的有節制的舒適隱密感。

43

為〈雕塑〉象徵畫所作的習作定稿，1896年
Finished Drawing for the Allegory »Skulptur«
黑粉筆，擦拭，鉛筆，以水洗匀，以黃金凸顯，42 × 31公分
維也納，歷史博物館
(Vienna, Historisches Museum)

44

為〈悲劇〉象徵畫所作的習作定稿，1897年
Finished Drawing for the Allegory »Tragödie«
黑粉筆，擦拭，鉛筆，以水洗勻，以黃金與白色凸顯，42 × 31公分
維也納，歷史博物館
(Vienna, Historisches Museum)

45

克林姆為音樂室所繪製的門肩圖畫，是他從早期歷史學院派作品轉型到分離派的分水嶺。尤其他的舒伯特一畫，更顯示了他與學院傳統的決裂。雖然這幅畫也可歸入歷史畫（他可能受到以穩健風格創作的各種舒伯特畫的影響），克林姆卻完全捨棄對過往歷史精確的描摹。即使是畫中人物的服飾也是當代的，而焚焚的燭光則醞釀出一股印象派的氣氛來。克林姆此畫的初稿，遠較最後完成的畫作更富裝飾性，更見優雅。這種裝飾性的特色在克林姆的晚期作品中更顯突出。這幅畫中，唯一殘留有歷史畫必備的寫實性的，只是舒伯特面容的表現。而這一點，與畫面中使具體可觸的空間消融掉的印象派光線效果形成衝突（17）。這是克林姆第一件較大的作品，而在對空間與光線的表現上則與歷史畫的寫實性分道揚鑣——在歷史畫中人物皆須具有明晰、可清楚辨識的空間位置。

克林姆晚期作品形式上的特色，是將視覺的空間消融於裝飾性的二維空間圖案中，這個例子已經可以在〈音樂II〉中窺見。畫中面具和人面獅身像這些非生命體栩栩如生的表現法，使他們成為仿古飾帶的一部份；但是克林姆精確的細節描繪，目標不在重現古代

音樂 II，1898年
Die Musik II
在維也納公園路（Parkring）4號尼可勞斯‧頓巴宮（Palais Nikolaus Dumba）音樂室門肩的作品
畫布、油彩，150 × 200公分
1945年在印門朵夫宮（Schloß Immendorf）焚毀

彈鋼琴的舒伯特，1899 年
Schubert am Klavier
在維也納公園路（Parkring）4 號尼可勞斯·頓巴
宮（Palais Nikolaus Dumba）音樂室門肩的作品
畫布、油彩，150 × 200 公分
1945 年在印門朵夫宮（Schloß Immendorf）焚毀

的藝術品──雖然我們可以確定克林姆花費了很長的時間在宮廷藝術史博物館研究古代的藝術品。此處，克林姆的目標不在於追求歷史主義所要呈現的原初性、真實性、歷史傳承與經驗的正確性以及歷史對當代所具有的典範作用，也無意做一種考古性的重現；他的目標在於將畫中題材的歷史性和它們所散發的氣氛加以結合。克林姆並非想藉由呈現對古代的固定印象，喚起人們對一個過往時代的回憶，而是在賦予畫面生命，以追求一種理想化了的古代永恆不變的「當下性」（18）。由此，穩健風格的時代也不被視為是一種已逝去，足以作為典範的時代，而被視為是「另一種現代」，與 1900 年左右顯示的情況相同，同具一種超越時間的「現代性」，因而二者間關係緊密。這種觀念，由〈彈鋼琴的舒伯特〉一畫可明顯看出。這幅畫與〈音樂 II〉皆試圖將過去轉化為現在。在〈音樂〉一畫中，要轉化的是古代；而〈彈鋼琴的舒伯特〉中以另一種「現代」的形式呈現的則是穩健風格時代。

　　十九世紀歷史主義的時間概念，認為歷史是一段邁向未來、無法逆轉的直線發展過程。時間裡的每一個「元素」，即文化史與藝

巴拉斯‧雅典娜，1898年
Pallas Athene
畫布、油彩，75 × 75公分
維也納，歷史博物館
(Vienna, Historisches Museum)

術史上的每一階段，都佔有一個無可更移的「位置」。事情永遠不
會重複，也絕對無法被召回。在談論到過去，例如十八世紀七〇和
八〇年代的維也納，自由主義文化援引義大利的文藝復興時期時，
所援引的各別藝術階段被視為是已經結束，不可再喚回的階段。這
些階段的藝術成就、理想和規範可以經由如博物館和教育機構（例
如應用藝術學校）這類的機構所做的努力和中介而使得它們得以傳
承，但這也只不過是一種對過往的知識而已。在這種對歷史的了解
之內，克林姆的作品卻開始脫離歷史主義對題材與形式的規範，建
立了一種完全不同的時間概念，以及過去和現在之間的另一種關
係。

　　在巴拉斯‧雅典娜（Pallas Athene）（第48頁）一畫中，雅典娜
女神滿懷母性，同時又擁有懲罰人類的力量，光是她那性感又險惡
的外表，絕不會令人想起保守、尊古的學院派教育觀。這種歷史上
的象徵──在維也納議會外面也有一座雅典娜的雕像──在這幅畫
中獲得了充沛的生命力與一種情色上的力量。觀者對這幅畫與對
〈茱迪絲〉（第142頁）的感受證明了，這種表現手法會使得觀者將
畫中人物與維也納社會中那些美麗而又撩人遐思的女士們聯想在一

起。這一類誘惑力，反過來使得古代的神話復活了。就像〈茱迪絲〉一作的情色魅力，使得她在神話上的意義又得以復甦；倒過來，這種女性的性感魅力，也賦予業已空洞而又貧血的神話智慧一種新的生命。

在克林姆早期為環城道路建築所繪製的宏偉鉅構中，他已經利用了寫實的手法表現女性與女性裸體，藉由畫中女性的官能之美與情色魅惑，而非她們身為歷史人物的意義，使觀者得以體認。在他的一些作品中，這種手法導致了現實各種不同界面的混淆。例如巴拉斯·雅典娜手持的小型雕像，赤裸裸的真理（Nuda Veritas）的象徵，由克林姆畫成了充滿魅惑力、有血有肉的紅髮生鮮裸女。而在替頓巴所繪製的兩幅〈音樂〉作品中，目標已不在於呈示歷史上的象徵意義，而在於再現往昔的氣氛。

克林姆對題材的處理具有兩種不同的向面。一方面女性情色的宰控特質，可以提供一個對古代題材的新視野，強化它們與現在生活的聯繫，賦予它們鮮活的生命力；但同時也賦予克林姆作品中所呈現出的情色和肉慾一種基本的、原始的力量。克林姆以古代神話為題材，藉由圖像表現使他們復活的手法，提供畫中的情色成份一種彷若借自歷史的純潔性與原始的本然性。因此，克林姆情色意味濃厚的「古代」畫——或說是充滿古風的情色畫，也是他對所處時代偽善道德充斥的激烈抨擊。

在巴拉斯·雅典娜和他為第一次分離派展覽所製作的海報（第70頁）中，克林姆以這種特殊的辯證手法來支持年輕一代對自由派中產階級文化的反叛，推動藝術革命。

當克林姆的父親和弟弟恩斯特於1892年過世後，他接到了〈學系繪畫〉（第76–89頁）的委託。這是他身為歷史裝飾畫家職業生活的第一個高潮，但是這樣崇高的聲譽為他所帶來的並不只有利益。1893年11月，美術學院提名克林姆為歷史畫師級班的教授時，皇帝卻捨他而任命卡基米爾·波赫瓦斯基（Kasimir Pochwalsky）。1901年，克林姆又獲提名，但是卻又再度失之交臂。他的〈學系繪畫〉在九〇年代晚期所引發的強烈爭議，對克林姆後來的生活和作品具有重大的影響。

布爾格演員路易斯基扮演卡洛司， 1895年
Hofburgschauspieler Josef Lewinsky als Carlos
畫布、油彩，64 × 44公分
維也納，奧地利畫廊
(Vienna, Österreichische Galerie)

鋼琴演奏者及教育家約瑟夫·彭包厄畫像， 1890年
Bildnis des Pianisten und Klavierpädagogen Joseph Pembauer
畫布、油彩，69×55公分
印斯布魯克，提羅邦立博物館費迪南館
(Innsbruck, Tiroler Landesmuseum Ferdinandeum)

戶外的女孩， 1896年
Mädchen im Grünen
畫布、油彩，32 × 24公分
奧地利，私人收藏

女士肖像（海曼女士？），約 1894 年
Damenbildnis (Porträt Frau Heymann?)
木板 、油彩，39 × 23 公分
奧地利，歷史博物館
(Vienna, Historisches Museum)

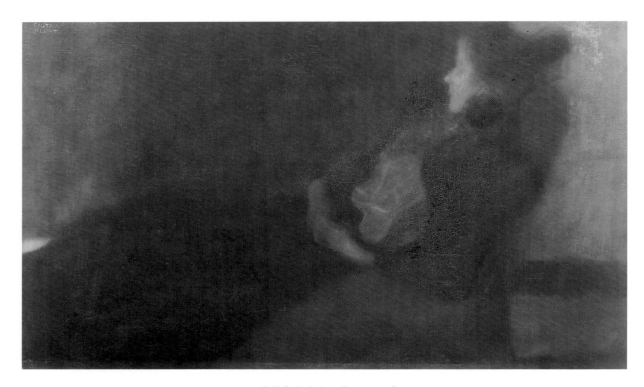

壁爐旁的女士，約 1897/98 年
Dame am Kamin
畫布、油彩，41 × 66 公分
維也納，奧地利畫廊
(Vienna, Österreichische Galerie)

宋妮亞 · 克尼普斯畫像， 1898年
Bildnis Sonja Knips
畫布、油彩， 145 × 145公分
維也納，奧地利畫廊
(Vienna, Österreichische Galerie)

瑪莉・漢妮伯格的肖像，1901/1902年
Bildnis Marie Henneberg
畫布、油彩，140 × 140公分
哈勒，莫里茲堡邦立畫廊
(Halle, Staatliche Galerie Moritzburg)

塞倫娜‧雷德勒畫像，1899年
Bildnis Serena Lederer
畫布、油彩，188 × 83公分
紐約，大都會美術館
(New York, The Metropolitan Museum of Art)
出處見第 240 頁

「伊底帕斯叛變」——分離派

古斯塔夫・克林姆早期的作品和他獲得社會認可時，恰巧與自由主義和自由派的中產階級危機不謀而合。文化歷史學者秀斯克因此以「開放的自我之危機」為基礎來詮釋克林姆的一生和他的作品，將此視為是一種由經濟和政治的劇大變革所引發，而影響了藝術家和他作品的危機。

1900 年維也納的藝術和文化繁榮興盛，多半歸功於奧地利的自由派中產階級所遭遇的危機，這種危機與他們爭取政治參與權所經驗的艱辛與矛盾的過程息息相關。早在 1848 年，中產階級便已無法實現他們在政治上的要求，而中產階級的「革命」也遭到新專制主義王朝反革命軍事力量鎮壓，因此中產階級必須對其他階級做出重大的讓步，以便獲取一點點政治上的勢力。中產階級和貴族、當政王朝共享權力，結果使得經濟發展，特別是哈布斯堡王朝治下的工業化變緩，導致了奧地利在十九世紀時仍然維持著農業國家的形態。

在朝向世紀末的路上挺進時，中產階級面臨了兩難的局面。一方面，他們必須在面對貴族和皇室王朝時保留他們的階級意識和權益；另一方面又必須面對由新興群眾政黨所代表的民眾現代化社會運動。與此同時，國家的結構卻仍然維持農業的形態，因而中產階級無法以其資本力量在經濟上立足。結果這個「社會問題」發展成為危及帝國生存的經濟、哲學以及政治危機，這個危機後來更因為哈布斯堡王朝強制統合下，境內各族間的衝突而益形惡化。工業化，以及隨此而來的經濟現代化的失敗，導致 1873 年時整個股市崩盤（同一個月，維也納正在舉行萬國博覽會），結果中產階級被排除在許多的政治力量之外，也導致了他們藉由中產階級部達到政治參與的企圖失敗。除此之外，在世紀末來臨前，中產階級的政治力量更被一些群眾政黨如基督教社會黨和社會黨所箝制，特別是勞工運動在政治和社會方面的要求，是也再也無法遏止了。

秀斯克同時指出，中產階級的知識份子的政治勢力逐漸消減，由此引發的危機因而借助各種文化上的反叛來加以彌補。當中產階

兩件少女與四件手的習作，1897/98 年
Zwei Studien eines Mädchens und vier Handstudien
黑粉筆，以白色強調，47 × 33 公分
維也納，歷史博物館
(Vienna, Historisches Museum)

女水妖（銀色魚），約 1899 年
Nixen (Silberfische)
畫布、油彩，82 × 52 公分
維也納，中央儲蓄銀行
(Vienna, Zentralsparkasse)

級在政治或是社會上只有一點，甚或完全沒有影響力時，他們只能將注意力與活動重點轉移到科學、文學和藝術等領域。文學團體「年輕的維也納」（Jung Wien），是第一個反抗藝術和倫理上的傳統規範所形成的分離派團體，而它的自我認知便是完全奠基於這種反叛精神的。

真正的分離派一直到1897年才正式成立。這個團體中的年輕藝術家們曾屬於古典傳統派的「藝術家之屋」（Künstlerhaus）的成員，但是他們現在卻起而反對老一輩的藝術家們。克林姆自1893年起就是「藝術家之屋」的一員，但是他也是第一批脫黨的成員。在1897年，克林姆被推選為分離派的第一任會長。一年之後，於1898年，他們舉辦了第一屆分離派的畫展；而由約瑟夫・馬利亞・歐布利希（Joseph Maria Olbrich）設計的分離派展覽會館也在同一年開幕。

分離派（Secession）之名源自古羅馬字 secessio（意為分離、分裂），秀斯克並沒有將它詮釋為受藝術界排擠的藝術家發起的藝術革命行為。畢竟，早期的分離派份子皆為「藝術家之屋」的成員，也參加了該組織的展覽。秀斯克認為，這可能是一種因為心理因素所引發的世代衝突——一種兒子反對父親傳統的「伊底帕斯叛變」（oedipal revolt）（19）。 分離派的宣傳雜誌被稱為《聖春》，這是古羅馬時期面臨危機時為年輕人舉辦的成年禮。他們所選的這兩個名稱：分離派與聖春，明顯的表示，這一新的運動想與中古世紀及文藝復興時期劃清界限，宣佈藝術與社會一種近乎宗教性的革新。

在經過與奧地利美術家公會（Genossenschaft bildender Künstler Österreichs）的激烈爭議之後，分離派終於在1897年誕生了。該藝術家公會在1861年建立，是一種近於同業公會的團體，代表的是自由

分離派會館設計草圖，1897年
Entwurfskizze des Secessionsgebäudes
黑粉筆、水彩，11 × 18公分
維也納，歷史博物館
(Vienna, Historisches Museum)

約瑟夫・馬利亞・歐布利希（Joseph Maria Olbrich）設計的分離派會館，1897–98年，
從右邊斜對角所見的全景
維也納，奧地利國家畫廊圖片收藏室
(Vienna, Bildarchiv der österreichischen Nationalgalerie)

躺臥的裸女與手臂習作，1898年
Liegender weiblicher Akt, Armstudie
黑粉筆，32 × 45公分
格拉茲，新畫廊
(Graz, Neue Galerie)

派較為保守的藝術與文化勢力，包括平庸的成員。年輕一代的藝術
家和「藝術家之屋」決裂的理由仍然不明，除了大部份成員在藝術
上的觀念保守之外，這一公會對外國的現代藝術之抵擋可能也是另
一重要因素。外國的現代藝術後來經由分離派的展覽才引進了維也
納。此外，它那極度的商業化特徵似乎也是原因之一。雖然紛爭時
起，1894年，成立於1892年的慕尼黑分離派依然借用了在奧地利美
術家公會的展覽館展出。1896年，前進派的候選人在會長選舉中落
選，新舊兩派的決裂也更為明顯，所以有將近四十位的藝術家——
包括克林姆、卡爾·莫爾（Carl Moll）、科羅曼·摩瑟（Koloman
Moser）和阿爾弗雷德·羅勒（Alfred Roller）——開始興起創立新藝
術公會的想法，但仍然維持在奧地利美術家公會的管轄之下。在
1897年4月3日，一個全新而獨立的組織「奧地利美術家協會」（Ver-
einigung bildender Künstler Österreichs）誕生了，雖然當時他們還沒
有考慮和美術家公會完全決裂，但是到了1897年5月，雙方經過更
進一步的衝突後，終於再也無可轉寰了。（20）

由克林姆署名寫給美術家公會的信中，對「這群藝術家」的脫
隊行為作了一番辯駁。這是這個組織第一份書寫的文件，由此可看
出這群藝術家的自我認知和自信。這封信隨即公諸於世，因此也確
定了雙方的決裂。起初，他們還沒有使用「分離派」這一詞。

下面是這封信的節錄：「正如相關委員會所察覺到的，一群在
公會裡的藝術家多年來不斷嘗試，想使人接納他們的藝術觀點。這
些觀點的主旨在於促進維也納藝壇與不斷進展的國外藝術間的交
流。此外，藝術展覽必須是非商業化、純為藝術的，如此方能推廣

純粹、現代化的藝術觀，促使政府單位加強對藝術的支持。這群藝術家多年來遭到美術家公會的漠視與誤解……由我們這些志趣相投的奧地利藝術家成立的協會首要的目的是，先於維也納——待組織擴大後，更及於整個國家——促進藝術事業，並提昇對藝術的興趣。」（21）我們可以由此看到新藝術家組織的動機，不在於要成為「商業化」的一種同業公會，而在於完成一種影響整個社會和國家的藝術使命。

1898年，這個組織很快的就出版了自己的雜誌《聖春》。這份雜誌是由摩瑟、羅勒和米爾巴赫所編輯的，後者是附屬於奧地利皇家帝國藝術暨工業博物館的應用藝術學校的校長（他的職位後來由霍夫曼繼任）。《聖春》不僅是宣揚分離派藝術的利器，後來也充當藝術家們在藝術和政治要求上的一個傳聲筒。

在《聖春》的創刊號上刊登的組織章程，表示了這個協會最重要的目標：「第一條：奧地利美術家協會以促進純藝術，尤其是奧地利社會對藝術的興趣為主要任務。第二條：為了達成以上目的，必須要聯合國內外的奧地利藝術家，並與國外一流藝術家建立密切

魚血，1898年
Fischblut
墨水筆
尺寸和收藏者不詳

為〈嫉妒〉所作的習作定稿，1898年
Finished Drawing for »Der Neid«
黑粉筆、鉛筆、鋼筆和畫筆、墨水，42×10公分
維也納，歷史博物館
(Vienna, Historisches Museum)

的聯繫；組織國內非商業化的展覽體系；將奧地利的藝術推廣到國外，並且善用國外頂級的藝術成就來刺激本土的藝術以及教育本土的觀眾一般藝術的發展狀況。」（22）

在分離派成立不久後，藝術家們開始籌備他們自己的展覽會館。整個建築由歐布利希設計，而由克林姆所繪製的會館草圖至今仍然存在（第60頁）。這棟建築僅花了六個月便已竣工，而於1898年11月，隨著第二屆分離派展覽一起開放展出。（23）

「分離派」的名稱一直到《聖春》的創刊號發行時才正式採用。這一名稱涵括了他們的整個宗旨。馬克斯‧布爾克哈特（Max Burckhardt）以古羅馬字 Secessio（分離）一詞來詮釋分離派的目標。在他的介紹文章中如此描述：「古羅馬時代，當經濟的對立造成緊張最後到達高峰的時候，經常會有部份民眾離開羅馬前往聖山（Mons Sacer）、阿凡提恩（Aventinus）山或亞努斯山（Janiculum）等處，脅迫當局，除非答應他們的要求，否則他們將要在母城的市政府眼前，建立第二個羅馬。這種事件也就是歷史上所謂的「民眾的分離」（Secessio plebis）。但是當國家面臨巨大的災難之時，下一個春天所誕生的活物都會被帶到神的前面，做為犧牲品，也就是「聖春」（ver sacrum）。而在聖春時期誕生的嬰孩長大成人後，便離開故鄉，自己另尋一塊樂土作為棲身之所，這塊樂土由他們一手建立，並且那裡實現他們自己的夢想。」（24）

這個菁英團體的自信心充分表現在克林姆幾幅指涉了分離派成立情況的象徵性作品中。秀斯克正是以種觀點來詮釋克林姆為「第一屆美術家協會藝術展──分離派」所設計的海報（第70頁）。當時這個展覽是在園藝協會的建築物之內舉行的。海報上顯示，在雅典娜的守護之下，忒修斯（Theseus）正在與牛頭人身的怪物密諾特（Minotaur）拼鬥。秀斯克認為這場劇烈的戰鬥應該解釋為一種藝術上的解放，因而同時也具有政治上的意涵。他的詮釋只是畫作的一個意義，僅指涉了當時維也納對「年輕藝術的反叛」。

以年輕的男性英雄為救世故事主角的題材，也在克林姆的其他重要作品中出現，特別是在〈貝多芬飾帶〉（第104–113頁），因而藝術和現實之間的關係，不應該單由政治層面來探尋。秀斯克詮釋忒修斯和密諾特之間的戰鬥自始至終都是一種兒子對父親的反抗。但是畫中不僅只有由公牛所象徵的父親，還有剛猛、護衛，手持戈耳工盾牌（Gorgon shield）以抗拒所有恐懼的母親形象。雅典娜的出現完成了這一幅伊底帕斯的三角關係，她支持兒子反抗父親。這種畫中的含意很輕易的傳達了整個組織的性質與目標：確立了分離派所扮演的角色是在文化上的總顛覆和一種革命的運動，他們想要顛覆父親的自由派文化。

克林姆在 1899 年所繪製的另一幅作品〈赤裸裸的真理〉（第 74 頁）也應該以同樣的觀點來闡釋，特別是如果我們將藝術家自己加上的題詞列入考慮時，就更應如此：「如果你不能用你的藝術或是行為取悅每一個人，那麼你應該只取悅少數人。取悅大眾並不是一件好事。」藝術被視為是社會的鏡像反照，但它並不需要社會。分離派追求藝術的自由，正在於他們想要影響社會。另一方面，藝術圈的人士將自己塑造成菁英份子的形象，將藝術家刻畫成拯救者，主張問題充斥的社會真相必須加以美學化。這種藝術只應由極少數的「菁英份子」所瞭解和欣賞。

但是〈赤裸裸的真理〉並不只有藝術政治上的含意才值得探討。如果將它和分離派的海報相較，便會發現，畫中象徵形象的性別改變了。我們可以將分離派海報詮釋為，男性新生代藝術家對父親一代藝術文化的反抗；但是在〈赤裸裸的真理〉中，女性則為觀者提供了一種正面的含意。雖然象徵圖樣大半都藉助女性的角色，特別是在十九世紀的藝術裡，但是在這幅作品中，女性卻不僅是傳遞訊息的媒介物而已。與早期的作品相同，克林姆故意將時間和現實的各種不同層面錯亂混淆，現在他卻借由將注意力轉移到女性的特徵，以傳達其中的象徵意涵，因為特徵才是意義的承載者。〈赤裸裸的真理〉傳遞了有血有肉的「真理」。這種真理指的是女性情色真真確確的魅惑力量，而倒不全然暗示一種對藝術社會功能的理論性意義。這也是克林姆何以用女性原型作為唯一傳達訊息的媒介之因；這個女性不僅傳遞了象徵意含，同時也傳遞了一種象徵性、超越了她自身的含意，展示了她的身軀和魅惑力。

克林姆後來再也未曾像這兩幅作品那樣，清楚的表達他對藝術政治的觀點，它們更展示了新生代藝術家強烈的自信心。當巴爾後來為克林姆的作品〈學系繪畫〉辯護捍衛之時，相同的自信心終於再一次展示出來了。在這場刊印成冊加以發行的演說中，巴爾在為克林姆辯護的同時，再次堅決主張菁英藝術以及藝術家毋須為「暴徒」服務的原則。這份辯駁的小冊子所採用的標題「惡質的大眾」轉化自〈赤裸裸的真理〉上還相當溫和的說法，以表示對一般民眾的蔑視。從這份小冊子上可明顯看出高傲的文化菁英態度。「暴徒是消滅不了的，但是除非他們找到首領，否則便不會造成任何威脅。他們的首領，就是那類平平庸庸，還追求個人的利益的人。」叔本華（Schopenhauer）曾經對他們做了最恰當的描述：除了缺乏判斷力之外……成就的榮譽還必須面對嫉妒之心；嫉妒是所有平庸者的中心動力，他們隨時隨地，未經約定便聚合成群以對各種領域中的菁英份子一一攻擊。」巴爾將這個論點更進一步的發揮：「自始至終藝術的目標——或甚至可說它的基礎與基本功能——都在於

為〈赤裸裸的真理〉所作的習作定稿，1898 年
Finished Drawing for »Nuda Veritas«
黑粉筆、鉛筆、鋼筆和畫筆、墨水，41×10公分
維也納，歷史博物館
(Vienna, Historisches Museum)

站立的裸女，左手臂向後伸出，約1889年
Stehender Frauenakt mit nach hinten gestrecktem
linkem Arm
藍粉筆，40 × 26公分
維也納，阿伯汀納版畫收藏館
(Vienna, Albertina)

將少數純真、高貴而高度發展的秀異份子的的美學觀以崇高的方式表達出來，教導遲鈍、緩緩跟步的大眾善與美的真諦。」（25）

在分離派會館竣工之前，組織的成員就已經在園藝協會的建築物裡舉辦了第一次的展覽，總共有131件外國的作品，而維也納藝術家的參展作品則僅有23件。這個展覽的目的是為了提供「一個評估國內藝術的全新而且較高的標準」（26），並促進與以往為美術家公會所忽視的歐洲現代藝術基地的交流。奧皇的蒞臨觀賞，更顯示這個年輕的組織第一次展覽時就得到了最高的官方肯定。（27）

事實上，分離派的思想在當時的政治情勢中是佔有利多的情況。1900年，由公務員組成的內閣形成，終於導致了自由派最後的滅亡，但此時的政治情勢同時也導致了為期短暫的文化鼎盛時期。在社會和各民族間的緊張局勢中，文化的氛圍似乎對當時所有的衝突免疫。當局希望，藉由新興的藝術來形成一種對國家的新歸屬感。有趣的是，這種創立與國家觀念相結合的文化歸屬感，並沒有仰賴過往的歷史，卻借助了前進的、現代的思潮。

分離派的展覽工作目標在於將藝術與生活統合為一，以實現「奧地利之美」（巴爾所言）的夢想。這樣的分離派自然會受到以跨民族、以四海為一家導向的當局所支持。教育部長哈爾特爾指出：「雖然每一種藝術流派都根源於國家民族的基礎，藝術的作品卻說著共通的語言，而且藉由正面的角力，彼此的價值觀雖歧異，卻得以互動互知。」以上這段話是他對在1899年成立的藝術委員會（Kunstrat）所發表的演說。哈爾特爾所提出的藝術自由，與分離派的主張不謀而合。當時的這種政治觀念對藝術發展的意義，可以由一位作家兼分離派的戰鬥伙伴貝塔‧儲克坎朵（Berta Zuckerkandl）的回憶錄中看出：「因為為『賦予我們時代自己的藝術，予藝術自身的自由』這樣的口號所迷，我也不惜一切加入戰場。我們志在護衛純正的奧地利文化，歡欣的認同在奧地利國旗之下所統合的各民族的文化。奧地利一向以融合為一體的美妙多元化自傲。」（28）

在接下來的幾年，奧地利藝術政治的開放導致了對藝術現代化的強力支持，但同時也強化了國家對文化領域的干涉，這可說是文化政治的誕生。在1903年，現代主義畫廊終於成立了。早在1899年，藝術委員會第一屆會議上，卡爾‧莫爾便已倡議建立這個機構了。藝術委員會和現代主義畫廊都是國家用來推動現代藝術的機構，但是好景不常，畫廊很快就被改頭換面，不再只展出當代的畫作，而更名為「奧地利皇家帝國國家畫廊」（K.K. Österreichische Staatsgalerie），展出奧地利各時期的藝術作品。有趣的是，在二十世紀一〇年代可以看到，藝術由於國家的推廣而染上了愛國主義的奧地利國家觀念。

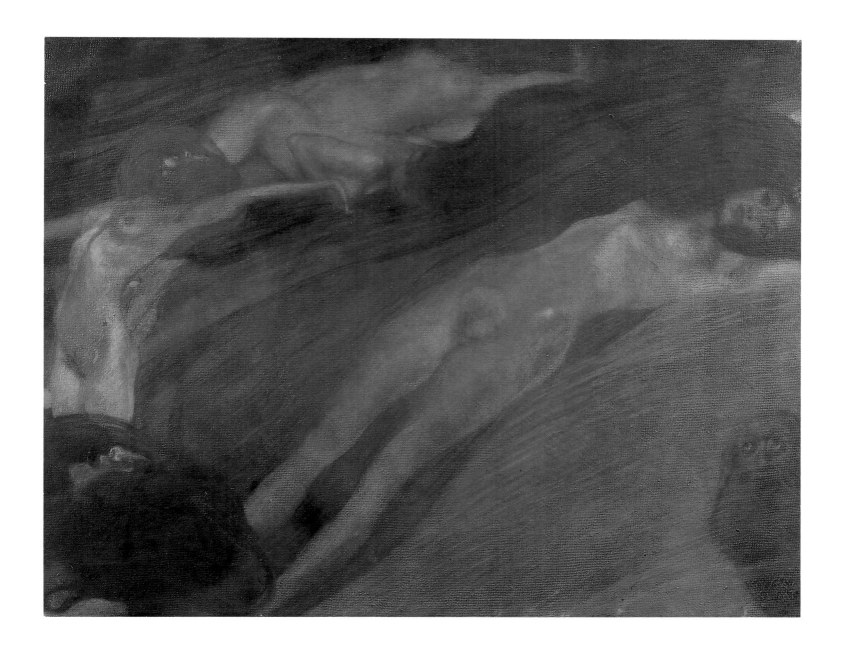

同一年，分離派成功的接掌文化政治中的重要位置，奧圖・華格納成為美術學院重要的會員之一，而與羅勒同為藝術委員會的成員，連應用藝術學校很快也被分離派的人馬攻佔成功；校長米爾巴赫與其後他的繼任者羅勒倡導全面的改革，羅勒原為宮廷歌劇院的舞臺設計。分離派的成員如霍夫曼、摩瑟和阿圖爾・施特拉塞爾（Arthur Strasser）也陸續加入了應用藝術學校任教。由於應用藝術學校的改革動作，才使得該校與「維也納工作坊」（Wiener Werkstätte）成為現代主義在維也納突破的重要機構。

流動的水，1889年
Bewegtes Wasser
畫布、油彩，52×65公分
紐約，私人收藏，聖愛汀納畫廊（New York,
Galerie St. Etienne）允許使用

現代性

這些年輕的藝術家在當初退出奧地利美術家公會時，曾經採取非常慎重的態度。分離派成立之初，他們在致公會的信中還強調，他們仍要在美術家公會的管轄之下，想避免予人他們想建立獨立新組織的印象。但是在一切都未明朗化前就讓新聞媒體發佈這樣的消息，使得雙方沒有轉圜的餘地而遭致破裂。分離派自己提出的理由是，奧地利藝壇應開放，引進國外的現代藝術潮流，促使當局支持奧地利的當代藝術，擺脫藝壇高度的商業化趨勢（然而分離派美展的目的也是在出售他們的作品）。由早期的一些文件可清楚看出，這群藝術家的另一觀點，是要倡導具有奧地利本土特色的藝術。例如巴爾就曾經為文，談到一種具有奧地利色彩的典型維也納藝術。但是當時卻鮮少有人提到「現代性的藝術表現法」，這大概是因為「現代性」這個字眼，並不被視為是這個新藝術時期的代名詞，而只是用以形容一種全新的藝術態度與觀念，所以完全無法將其定位在任何一個明顯的發展時期中。

維也納有史以來第一次展出了重要的歐洲現代主義作品。這一與傳統展覽方針決裂的重大改變，同時也反映在分離派成員在應用藝術學校和維也納工作坊的教育工作中。他們在美學上徹底摒除了歷史主義的規範。這一切的革新，同時也包含了對十九世紀末期的藝術與藝術環境的批評。但是新藝術家們的自我定位並不是建立在對傳統的批評上，而是捨去一切舊法，從新開始。

巴爾不僅拒絕傳統，甚至認為傳統是無關緊要的。倘使否認十九世紀的歷史派藝術的存在權力，甚而否認它的藝術性——儲克坎朵偶而也持這種觀點——那麼一種全新的藝術形式自然陡然興起，有如憑空誕生一般。巴爾在1898年1月出版第一輯的《聖春》中寫道：「我在那個時候才了解了，維也納年輕藝術家的使命是什麼：他們的『分離』必須與慕尼黑或巴黎的截然不同。在慕尼黑或巴黎分離的目標在於想要在『舊』的藝術之外另行建立一個『新』的藝術……但我們完全不同，我們並不討論傳統的優劣，我們根本就沒有傳統。我們不要在舊藝術與新藝術之間做抗爭……而是為了藝術本身……為了從事藝術創作的權利而奮鬥。（29）

事實上，「現代主義」這個字眼並沒有描述出一個固定的歷史

〈雕塑〉象徵畫，1889年
Allegorie der »Skulptur«
鉛筆，水彩，以金色凸顯，硬紙板，44×30公分
維也納，奧地利應用美術館
(Vienna, Österreichisches Museum für Angewandte
Kunst)

階段，而只是描述一個創立了合乎他們時代美學觀的世代之自覺。
這也是布爾克哈特在第一輯的《聖春》引言中所宣示的。他賦予了
分離派現代性的特質：「他們（分離派的藝術家們）在《聖春》的
大纛之下，一心擔憂神聖的藝術受到威脅，絲毫沒有顧及個人的利
益。緣於對藝術的崇高熱情，他們隨時準備犧牲一切，除了以一己
之力達成的目標之外，別無所求。正是這種如和煦春風般的朝氣使
得他們團結在一起，也正是這種精神使他們所處的時代成為『現
代』……」（30）分離派會館入口處高掛的標語：「賦予我們時代自
己的藝術，予藝術自身的自由。」就需要以這種觀點來審視；這一
標語同時也暗示了「現代」一詞的相對性。

第一屆分離派展覽海報（審查前的版本），1898年
石板印刷，62 × 43公分
紐約，私人收藏，白利·富禮德曼企業（Barry Friedman Ltd., New York）允許使用

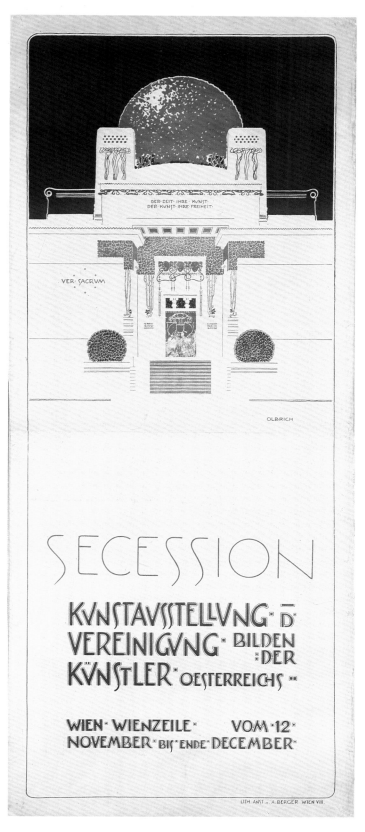

約瑟夫・馬利亞・歐布利希（Joseph Maria Olbrich）：
第二屆分離派展覽海報，1898年
石版印刷，86 × 51公分
里奧納多・羅德夫婦收藏
(Mr. and Mrs. Leonard A. Lauder Collection)

科羅曼‧摩瑟（Koloman Moser）：
第八屆分離派展覽海報，1902年
石版印刷品，177 × 60公分
紐約，私人收藏，
經白利‧富禮德曼企業（Barry Friedman Ltd., New York）允許使用

阿爾弗雷德・羅勒（Alfred Roller）：
《聖春》（Ver Sacrum）的封面，1898年
石版印刷，30 × 29公分
紐約，現代美術館收藏
(Collection, The Museum of Modern Art, New York)

科羅曼・摩瑟（Koloman Moser）：
《聖春》（Ver Sacrum）的封面，1898年
石版印刷，30 × 29公分
紐約，收藏現代美術館收藏
(Collection, The Museum of Modern Art, New York)

奧圖・華格納（Otto Wagner）：
《聖春》（Ver Sacrum）的封面，1899年
石版印刷，30 × 29公分
紐約，現代美術館收藏
(Collection, The Museum of Modern Art, New York)

阿爾弗雷德・羅勒（Alfred Roller）：
《聖春》（Ver Sacrum）的封面，1898年
石版印刷，30 × 29公分
紐約，現代美術館收藏
(Collection, The Museum of Modern Art, New York)

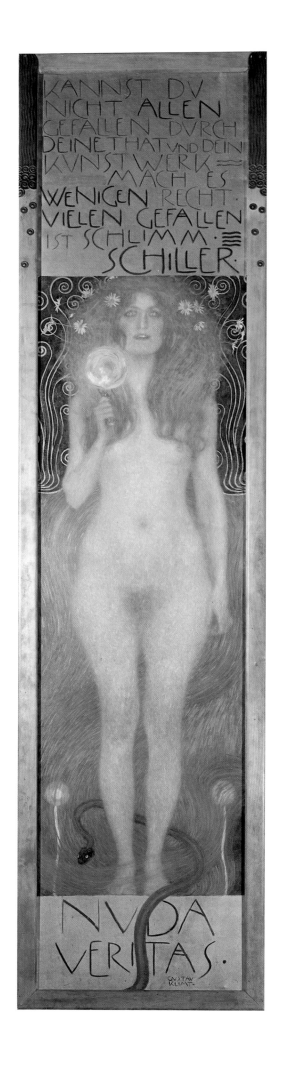

赤裸裸的真理，（局部），1899年
Nuda Veritas

對頁：
赤裸裸的真理，1899年
Nuda Veritas
畫布、油彩，252 × 56公分
維也納，國家圖書館戲劇收藏室
(Vienna, Theatersammlung der Nationalbibliothek)

學系繪畫

到了1894年，克林姆已經因為他替維也納環城道路的大型教育機構建築物所做的裝飾工作而聲名大噪了，因而他和麥希受到了教育部的委託，為環城道路新建的大學大禮堂的裝飾，繪製不同學系的象徵圖畫。就在此時，整個藝壇有了重大的改變，而分離派也逐漸草創了。當克林姆為〈學系繪畫〉所繪製的初稿逐漸在美術家協會展出時，引發了未來幾年公眾對此的紛紛議論。這些爭議不僅批評了國家的藝術政策、國家對現代主義和分離派的支持，也攻擊了克林姆個人及他的藝術。在秀斯克對克林姆的分析當中，他特別著重環繞著克林姆三幅天花板畫的「戲劇性爭議」，並將其解釋為在一般自由派危機中所謂的「藝術家開放的自我之危機」。（31）

〈學系繪畫〉設定的共同主題「光明戰勝黑暗」，立意在推崇理性的科學以及它對整體社會的貢獻。但是在克林姆所繪製的〈哲學〉（第80頁）、〈醫學〉（第83頁）和〈法學〉（第89頁）三幅畫中，卻拒絕強調這種理性的世界觀。「在他的〈哲學〉中，克林姆彷若是個長久浸淫在戲劇文化中的人，他顯示出的世界彷彿是舞台上的，一種巴洛克式的「人間戲劇」（theatrum mundi）。但在巴洛克式的人間戲劇中很明顯的區分成天堂、人間和地獄三區，而克林姆的作品中，人間與其他兩個界域正逐漸融合為一。受苦的人類糾結纏繞，卻又在黏稠的虛無中無目的緩緩飄浮著。一隻沈重、瞌睡的斯芬克司從模糊的宇宙中浮現，它只是破裂成微粒的空間的凝聚體，全盲，星辰隱於其後。畫中唯一暗示著智性的存在的是畫面下緣發光的臉龐。『智慧』……彷若戲劇演出中的提詞者，置放在舞台燈光下，轉身面對觀眾，似乎要引導我們加入這場演出。」（32）

這畫中神祕的、象徵性的描繪和學院科學的自我認知相互矛盾。這些矛盾當時的評論家也曾特別注意，並抨擊克林姆的〈哲學〉是「彷如夢幻，自生命伊始到孱弱的墜入墳土，幸抑或不幸，一任漂流，只為生命的繁衍而生。其間，只有一次的激情纏綿、一次錐心的痛苦分離。愛情只是一場失望，不曾帶來快樂也不曾帶來知識。而命運仍然不動如山。人類遠離冷靜、明晰的知識，也遠離

兩件站立裸女習作，朝左，為〈醫學〉所作的構圖習作，1897/98年
Zwei Studien eines stehenden Aktes nach links, Studies for the composition draft »Medizin«
鉛筆，38 × 28公分
維也納，阿伯汀納版畫收藏館
(Vienna, Albertina)

〈醫學〉的構圖習作，1897/98年
Medizin (composition draft)
畫布、油彩，72 × 55公分
維也納，私人收藏

恆久被遮蔽的宇宙奧祕，永遠掙扎著尋求幸福和知識，終究卻只不過是大自然自我繁衍的工具罷了。」（33）

在克林姆的畫中，的確沒有任何指涉了哲學與科學在促進智性或是社會進步上的成就。整個構圖方式正如畫中人物的不同狀態，蒙昧、不完整而又多義。他們的動作與飄浮同樣沒有明確的目的，也沒有可辨識的時間。不像幾年前克林姆所繪製的歷史性作品，〈哲學〉在空間與時間的模糊性使人無法以理性探究出畫中內容與當代的關連。克林姆再也不再傳達建構在歷史之上的經驗了。

克林姆的〈哲學〉不僅與當時學院裡的科學觀大相逕庭，從而也精準的點出世紀末盛行的觀點：依循固定目標前行的歷史會融入人類理性所無法理解的，循環往復的自然之中而消失。自由派中產階級在社會上的無力在於他們是規律的自然循環中的一部份。個體毋須有任何作為，於是他們乃成為自身與奧妙的世界之觀者，有目標的、理性的干涉世界運作的作為也就因而不可能了。

這種將生活「戲劇化」的態度是當時藝術和文化中重要的特色之一，也常見於克林姆最早期的作品中，而他當時的外在環境也對這種特色大有俾益。在那個時期，他大多替劇院工作，製作壁畫、舞台簾幕、繪製布爾格劇院觀眾廳的圖作，同時還為宮廷藝術史博物館的樓梯間製作裝飾。在那裡觀眾可以有如在舞台上般走動，互為觀眾，互為演員。事實上，這座巨大樓梯間「炫示建築」具有多種作用；一來樓梯間數量繁多的雕塑與畫作，足以供哈布斯堡王朝炫示他們對藝術的慷慨贊助，二來中產階級的觀眾也可在此展現自己，並藉由這種對文化的公開參與以確保他們所建立的新的社會地位。

但是在〈哲學〉一畫中顯示出的克林姆對人類的觀點（霍夫曼言），卻再也辨識不出歷史的痕跡、社會的自我認知和社會角色了。雖然其中包含了一些可以約略看出的歷史來源（如古代神祕學），但是整幅畫卻無法界定它的時空。十九世紀的歷史主義者以歷史作為主要的指引，而晚期中產階級的意識型態則揚棄了對歷史的依附，以沒有歷史、循環往復、了無時間性的大自然觀來取代。這種大自然的循環會激起情緒、情感與本能反應，而不會產生知識，因而以人類理性控制和征服自然之類的論調也就不復存在了。然而，正是這種由科技發展和資本主義所強化的，控制自然的觀念構成了中產階級進步樂觀主義的根基。

此時克林姆已經不願去描繪或歌頌社會機制和學院知識所扮演的理性及樂觀的角色了。「這不是大學教授們眼中喜愛的世界。他們對光明終將戰勝黑暗以及對此一主題如何在自己神聖的象牙塔中表現也另有看法。」（34）結果一共有87位教職員反對這些壁畫，

坐著的老婦人，朝左，以手支頭；為〈哲學〉所作的習作，1900–1907年
Sitzende alte Frau nach links, mit aufgestütztem Kopf, Study for »Philosophie«
黑色粉筆，45 × 34公分
維也納，阿伯汀納版畫收藏館
(Vienna, Albertina)

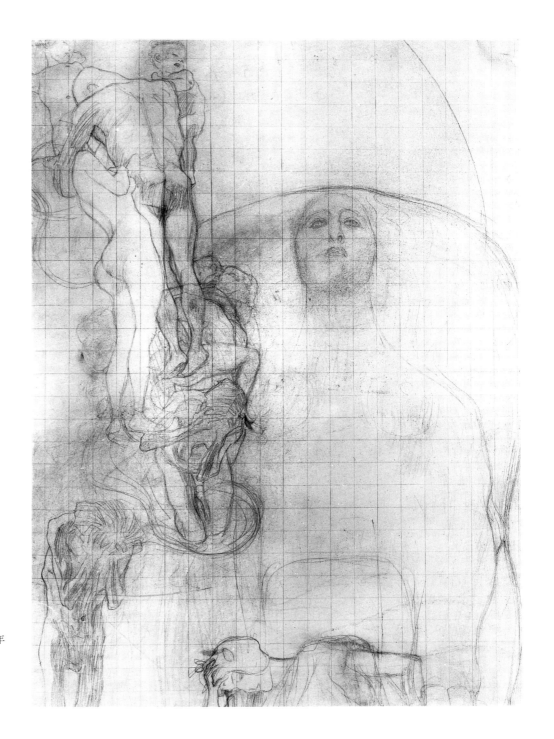

為〈哲學〉所作的網格放大草圖，1900–1907年
Transfer sketch for »Philosophie«
黑粉筆、鉛筆、放大用格網，90 × 34公分
維也納，歷史博物館
(Vienna, Historisches Museum)

因而激起所謂「轟動一時的訴案」（秀斯克言），最後將一場原為藝
術上的爭議發展成了文化上的戰鬥。起初，教育部不理會抗議教授
們和來自保守派新聞界的攻擊（35），但是當克林姆的第二幅作品
〈醫學〉的初稿出籠時，爭議之火又開始復燃。這幅作品在1901年
第十屆分離派展覽中展出，恩斯特・史多爾（Ernst Stöhr）在《聖
春》中評論道：「生活的一端是誕生，一端是消逝，在由生邁向死的
道途，生活帶來了深沈的痛苦。為了治癒這種痛苦，阿斯克勒庇俄
斯（Asclepius，譯注：醫藥之神）的女兒許格雅（Hygieia，譯注：
健康之神）於是發明了神奇的療劑。」（36）

這幅作品還同時激烈的攻擊了醫生們的自我認知。「克林姆一點也沒有表現出醫師眼中的醫藥科學……克林姆的許格雅（作者案：畫中的主要角色）以其僧侶般的姿態，並藉由古希臘傳統的象徵，清晰的呈現出了雙重意義……事實上，許格雅本人是由蛇轉化成的似人類，她復以砵中萬源之始的忘川之水飲蛇。克林姆以此宣佈生與死的同一性，並且宣佈了人類為本能驅使的生命力以及個體的消解二者的結合。」（37）死與生──一個獨對一群人的單一人物──與許格雅構成了這幅畫的重點；代表死亡的一具骷髏就在一群毫無目的、漂動的人體之中，而在這幅畫中並沒有表現任何醫學足以撫慰生與死的對立的角色。在這種對永恆的生死流轉悲觀的認知下，醫學（許格雅）本身就像是一個人面獅身怪獸的謎語。

這個單一漂動的裸女與那人體之流唯一的聯繫，是那裸女伸出的手臂，以及一位背對著觀者的裸男伸出的手臂，但是他們並沒有相互接觸。象徵的寓意主要是由女人傳遞的。她們代表的是轉動中循環的一種成長，展現了女性懷孕階段（右上方角落）、母性（左下方角落一位母親手上抱著孩子）、胎兒（許格雅的正上方）以及衰老與醜陋（中間靠右與左方骷髏之旁）。這幅畫提供的確切的解讀依據是女性不同的狀態，尤其是位於正前方，在整幅畫中唯一著衣，凜然不可侵犯的母親形象──許格雅；而大部分的男性裸體都部份，或甚至背對著觀者。

克林姆這幅曠世巨作洋溢著理性文化和非理性的自然天性間、自由主義文化與這種文化的「兒子」的美學反叛間的對立；而克林姆本身也對父權文化和以女性所象徵的混亂間的緊張關係極度熱衷。克林姆的這種世界觀既是對過往的批評與抗拒，同時也是對未來另一種全新的、女性文化的藍圖。

這樣的象徵直接挑戰了醫學理性而樂觀的自我認知，而克林姆美學上的表現手法也招致了憤慨的攻擊。克林姆對裸體的寫實畫法，引起了許多既嘲諷又憤怒的批評──其中也包括卡爾·克勞斯在內。而當克林姆在《聖春》發表他的〈醫學〉初稿時，甚至使當期的雜誌遭到沒收，但是這並沒有導致任何控訴或是定罪等情事，檢察官或許不認為裸體的藝術表現足以當作一種罪名來起訴。從一開始，最常遭到激烈訕笑的，便是克林姆的那些象徵畫作；比如克勞斯便將〈醫學〉作了如下描述：「畫中糾結堆疊、衰病敗壞的人體，象徵著國營醫院裡的情況……」（38）

當〈醫學〉公開展出時，引發了強烈的反彈，戰火甚至蔓延到奧地利上議院的議會中，結果使得以藝術作為媒介，增進國內社會和諧的政策遭到失敗，連身為分離派贊助者的教育部長哈爾特爾也身受壓力。如克林姆所說：「教育部一再暗示我，說我使得他們為

以手遮臉的老人裸像，為〈哲學〉所作的習作，1900–1907年
Akt eines Greises mit vorgehaltenen Händen, Study for »Philosophie«
黑粉筆，46 × 32公分
奧地利，私人收藏

哲學，最後版本，1907年
Philosophie
畫布、油彩，430 × 300公分
1945年於印門朵夫宮（Schloß Immendorf）焚毀

為〈醫學〉所作的網格放大草圖，1901–1907年
Transfer sketch for »Medizin«
黑粉筆、鉛筆、放大格網，86 × 62公分
維也納，阿伯汀納版畫收藏館
(Vienna, Albertina)

醫學，最後版本，1907年
Medizin
畫布、油彩，430 × 300公分
1945年於印門朵夫宮（Schloß Immendorf）焚毀

難不已。身為藝術家⋯⋯最令人尷尬的是，出錢的客戶沒有了解並全心支持我，而我卻仍繼續拿他的錢，為他工作。自從接下這個不幸的『國家委託案』（作者案：學系繪畫）後，維也納的那些人都開始為了我的每一幅作品而責備部長哈爾特爾；現在，部長似乎果真認為他必須為此承擔責任了⋯⋯每一件我所做的事情，都使得部長難堪不已⋯⋯」（39）結果任用克林姆在美術學院任教的提案也因此取消了。

秀斯克認為克林姆為大學所作的第三幅作品〈法學〉中的攻擊性，緣自藝術家所受到的拒絕和侮辱。雖然這並沒有從克林姆處得到確實的證據，但是秀斯克從草稿和最後完成的作品之間相互比較，由其中的差異得出了這個結論。秀斯克認為，克林姆之所以會嘗試另一種藝術表現手法，是因為他陷入了嚴重的個人危機而尋求另一種出路。與另外兩幅學系畫作相同，司法也並未被描繪成一個有利於社會的機構，而是一種帶有強烈肉慾企求的懲罰與報復力量。

這幅畫作的中心是一個無名的受害者：一名瘦骨嶙峋、裸體、躬身俯就的老男人，他受到一隻巨大的章魚箝制，幾乎被它一口吞下了。這個全然非世俗的司法機構由復仇三女神（fury）輔助，擔任「法律的執行官」（秀斯克言）；而派遣她們來的，則是君臨高處，遠在上方的真理、正義和法律的化身。無可否認的，這幅畫也與克林姆自身的感受有關連，而且和〈醫學〉與〈哲學〉相較，它最為清楚表現了克林姆個人的意見。在〈哲學〉，特別是在〈醫學〉裡，藝術家解決了仿真的人體表現和印象主義氣氛間的矛盾，但同時卻也犧牲了意旨的明確性。在〈法學〉中，克林姆使用一種相當低角度的透視畫法，所以整個空間顯得非常的緊密而且扭曲，同時又能夠將人物大小根據遠近距離來安排。雖然法學的代表者在整個階級制度中高高在上，畫面上她們也位居合乎她們地位的最上方，但是觀者的注意力很自然的會被導引到最大的人物上，也就是這幅象徵性圖畫前景處受害的老者，由是他乃成為畫中的主角。其次是「法律的復仇三女神」，身為法律的執行者以及傳說中的復仇力量，她們卻顯得比法律更為重要。

這一次，朦朧、沒有明確內涵的空間氣氛以及意義本身的不明晰性並非畫中場景的特色；而裝飾性強，界限明顯的區面，則使得那些精描細繪的寫實化人物（特別是男性裸體）得以穩穩定著在畫面上。

有趣的是，這三幅〈學系繪畫〉都沒有考慮觀者觀賞天花板畫的角度。原先的企圖是希望能夠造成「突破」天花板限制的幻覺，以這四幅畫（第四幅畫是由麥希創作的）「開啟」天花板。

兩對角力者，為〈醫學〉所作的習作，1901–07年
Zwei Ringerpaare, Study for »Medizin«
鉛筆，43 × 29公分
維也納，阿伯汀納版畫收藏館
(Vienna, Albertina)

克林姆無意直接批評法律在社會與政治上的角色，轉而以神話式的象徵意涵指涉人類對懲罰的幻象以及男性的恐懼，傳達他們畏怕受壓抑的女性所施加的報復：「克林姆的作品主要為閹割恐懼所主導：那名男性受害者被動、屈辱、性無能，被一個像是女性子宮般的章魚纏繞套牢。執行這項死刑的復仇女神們，既是世紀末的致命女性，也是希臘神話中酒神的女祭司（Maenad）⋯⋯但是克林姆卻為這些女祭司畫上殘忍、有如戈耳工的表情⋯⋯在克林姆的法律世界中，一共劃分為兩個部份：三個正義女神高高在上，而三個復仇女神位居下方。這令人憶及在艾斯奇勒斯（Aeschylus）傳世的悲劇《奧羅斯特》（Oresteia）中，雅典娜確立了父權、理性的法優於母權式的血仇律法。雅典娜為民眾創建了她的法庭「愛爾帕吉斯」（Aeropagus），說服復仇三女神擔任法庭的保護神，以此將她們變為她神殿中的一部份，掠奪了她們的力量；從此理性和文化就永遠凌駕於本能和野蠻之上了。克林姆卻將象徵意義倒轉回來，交還復仇女神她們原有的權力，由此顯示法律並沒有成功的克服暴力和殘酷，只是將它們藏匿並予合法化。」（40）

秀斯克指出，畫中的主角，通常也被詮釋成畫家的自畫像，表現出一種罪惡感：「畫中復仇女神所給予性慾方面的懲罰，正呼應了克林姆對解放愛欲（Eros）的主張」（41）。但是在這個推論中，認為克林姆為了解放由本能主導的生活而攻擊法律，因此產生了罪惡感；這樣的說法不那麼具有說服力，至少不是唯一的理由。由這幅畫中看不出法律對社會的功用，因此那位男性法律受害者的「罪愆」，與性愛革命和社會規範的衝突倒比較沒有關係，反倒是指涉了美學革命所導致的心理抑制作用。描繪裸體並不能「解放」本能，反而會招致恐懼。就像是在克林姆其他的象徵作品中一樣，〈法學〉這幅作品的中心議題是，男性為本能控制，無可迴避的窘境。在這些作品當中，所謂解放的意涵是相當曖昧不明的。在〈法學〉當中，克林姆認為藝術家和社會之間的衝突純粹源自一種心理的意淫。這可以清楚的從受女性與其本能威脅，懼怕已極的男人身上看出。克林姆這幅畫最大的弱點在於，他利用個人的命運來攻擊強而有力的機構：「以個人的苦痛來控訴，使得這幅畫由公共的倫理淪為私人的自憐自艾」。（42）

克林姆的〈法學〉一作，錯以私人的取代社會的，以心理取代政治，藉此攻擊法律系統；對這一點提出最激烈、最尖酸的批評的是卡爾‧克勞斯；克勞斯似乎是唯一察覺到克林姆浪擲了這個大好機會的人：「在二十世紀之初，人類開始以二十世紀的思考方式考慮，再沒有比法律系統更能引發如許多的聯想的！法律無處不在，它位居各種政治、社會和經濟的衝突中：介於當權者和想要掌權的

許格雅，〈醫學〉局部，1900–1907年
Hygeia

人之間，介於地位高尚和地位低下、富人與窮人、男人與女人、資本家與勞工、製造業與消費者之間，協調、消彌各式各樣的衝突……但是對克林姆先生而言，法律只包含罪與罰，而司法就是『逮住他們、扭斷頸子』。」（43）

　　克林姆象徵畫作的弱點不僅在於其中的內涵，也在於他的藝術美學表現手法。風格化這種藝術表現手法──無論褒揚或貶抑──是在描述克林姆作品時最常使用的詞彙（風格化本是應用藝術的特色）。風格化的結果是，直覺、本能、情感等內涵都被形式上的和諧沖淡了，因而較容易獲得接納。「這種手法所呈顯的藝術觀是，藝術純是美學上的作為，是世界唯一存在的理由。但是當懷疑的批判性良知，如克勞斯、洛斯（Loos）和柯克西卡（Kokoschka）等人

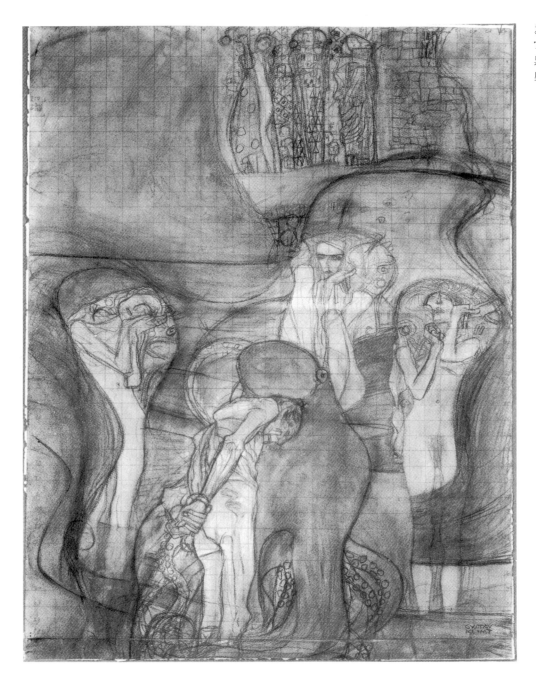

為〈法學〉所作的網格放大草圖，1903–1907年
Tranfer sketch for »Jurisprudenz«
黑粉筆、鉛筆、放大用格網，84 × 61公分
奧地利，私人收藏

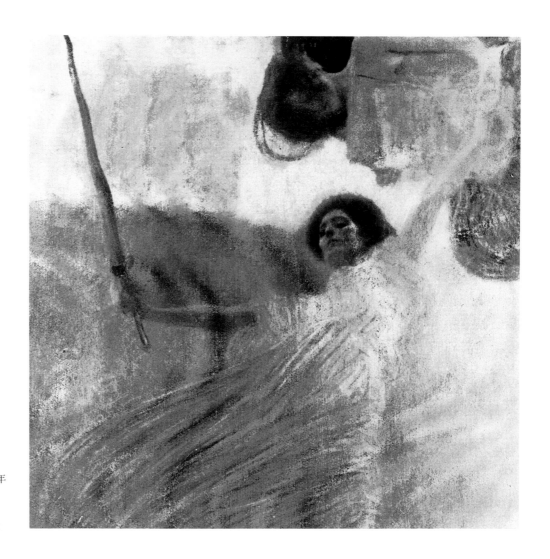

為〈法學〉所作的構圖初稿（局部），1897/98年
Painted composition draft for »Jurisprudenz«
畫布、油彩，尺寸不詳
1945年在印門朵夫宮（Schloß Immendorf）焚毀

一解除真理與美之間的聯盟時，這種堅持很快就變成了文化謊言的幫凶。」（44）

　　1904年於聖路易斯（St. Louis）舉辦的世界博覽會，克林姆的作品〈法學〉並沒有獲准展出，而一些人也曾試圖阻止他展出另兩幅作品〈希望I〉和〈金魚〉（1901/2年，克林姆意欲以後一幅作品「獻」給他的反對者，以激怒他們），於是克林姆決定辭退〈學系繪畫〉的委託案，甚至退還他已經收到的委託金。克林姆在致教育部的一封信也經公開，信上他說：「如果想完成這份工作，我就必須重振士氣；但是在這種情況之下，如果還需為委託案工作，我就興致索然了。」（45）在一場針對這一事件的訪談中，克林姆質問了國家資助藝術的方式——但正是這種資助才使得分離派在藝術政治中取得了重要的地位：「我受夠了檢查制度！我決定自救，我需要自由，擺脫這一切煩人又羈絆我工作的瑣事，重得我的自由！我什麼都不要，我拒絕任何國家的支持！……現在主要的是，我要起來反抗奧地利政府、奧地利教育部對藝術的態度和處理方式。一有風吹草動，真實的藝術和真實的藝術家總是會遭到攻擊，而唯一受到保

護的卻只有拙劣和謬誤的；攻擊真正藝術家的事件太多了，我現在
不一一列舉，但是有朝一日我會讓它們全部曝光。為了保護他們，
我會澄清疑點。這種決裂要乾乾脆脆！政府別以為他們有權力可以
主導藝術展覽和藝術理論，它應該扮好一個仲裁者和商業仲介的角
色，就將藝術的歸還給藝術家吧⋯⋯」（46）

　　克林姆將他的委託預付金退還給政府之後，摩瑟與埃里希‧雷
德勒（Erich Lederer）購買了他的三幅初稿；而〈醫學〉後來還典藏
在奧地利畫廊。當納粹掌權時，克林姆的〈哲學〉和〈法學〉也都
被「亞力安化」——從猶太人手中強制沒收充公。在1945年5月，
黨衛軍（Schutzstaffel）在下奧地利撤軍時燒毀了巨宅印門朵夫宮
（Schloß Immendorf），結果這三幅畫也因此而付之一炬。

法學，最後版本，1907年
Jurisprudenz
畫布、油彩，430 × 300公分
1945年在印門朵夫宮（Schloß Immendorf）焚毀

果園，約 1898 年
Obstgarten
油彩、紙板，39 × 28 公分
維也納，私人收藏

早期的風景畫

有樺樹的農舍，1900年
Bauernhaus mit Birken
畫布、油彩，80 × 80公分
維也納，奧地利畫廊
(Vienna, Österreichische Galerie)

阿特湖中的小島，約1901年
Insel im Attersee
畫布、油彩，100 × 100公分
紐約，私人收藏，聖愛汀納畫廊（New York, Galerie Etienne）允許使用

雨後，1899年
Nach dem Regen
畫布、油彩，80 × 40公分
維也納，奧地利畫廊
(Vienna, Österreichische Galerie)

山毛櫸林 I，約 1902 年
Buchenwald I
畫布、油彩，100 × 100 公分
德勒斯登，現代畫廊
(Dresden, Moderne Galerie)

樺樹林， 1903年
Birkenwald
畫布、油彩，110 × 110公分
維也納，奧地利畫廊
(Vienna, Österreichische Galerie)

分離派會館與其展覽

1902年第十四屆的維也納分離派展覽被視為是這個組織有史以來的最高峰。21位理念相同的藝術家齊聚一堂，共同分享他們對藝術的熱愛。這次展覽會場的內部是由霍夫曼設計，加上特別為這一展覽製作的作品，如克林姆的〈貝多芬飾帶〉（第104–113頁）及環繞在馬克斯・克林格（Max Klinger）所作的貝多芬雕像的藝術品，共同構成了一種總體藝術。

所有分離派的展覽——特別是這一屆——在美術展覽史上開創了前所未有的新契機。有史以來第一次，作品的安排沒有按照藝術家或是主題來陳設，而是組合所有的參展藝術品成為一件總體藝術品，其中每件各別的作品都統攝在更高的構想與美學脈絡之下。而展覽館的內部設計也是針對作品展出而設計的，以強調整體的主旨，連結各別作品的關連性，使得觀者可以了解每一件作品的含意。這使得分離派的展覽成為今日最流行的情境展示的先驅。

但是分離派展覽的美學表現還另有一種違反總體概念的目標：空間的安排在觀眾眼前一步步開展，婉約的演示每一件藝術作品的各別性與獨特性。整體來說，這是一個中性的空間，結果形成了如奧朵赫提（O'Doherty）所稱的「白色細胞」——今日畫廊和博物館常見的展覽廳。這樣的空間強調了藝術的自主性，彷彿再次向藝術叮囑，藝術除了是藝術，什麼也不該是。這種呈顯各別作品獨一性的問題，在分離派的展覽中早已顯現，因而這一次的展覽引進了一種具有統攝作用的主旨與內部設計，避免整個展覽瓦解，成為一堆零散的作品大拼盤。因為，只有藉由具整體效果的「總體藝術品」，才能將分離派以藝術影響社會的想法付諸實現。

此外，分離派會館也設計成一種中性的架構，可以依據需求而調整。例如可以挪動的牆壁，便增大了不少變更的彈性；這樣的設計大大革新了展出的方式。

克林姆的〈醫學〉公諸於世一年之後，這個醜聞仍然深植在人們的心中，而他的〈學系繪畫〉所帶來的爭議也威脅到了全心支持克林姆的分離派的地位。因此他們藉由一個全新、特殊的展覽方

維也納分離派會館，約瑟夫・馬利亞・歐布利希（Joseph Maria Olbrich）設計，1897–1898年
The Vienna Secession Building
正立面

維也納分離派會館，約瑟夫・馬利亞・歐布利希（Joseph Maria Olbrich）設計，1897–1898年
The Vienna Secession Building
側景

式，利用淺白易懂的方式向民眾介紹分離派的藝術和政治原則。這些原則反映在主題「藝術家的祭儀」（Der Kult des Künstlers）和展覽方式與設計（Raumkunst，意為空間藝術）中。史多爾在這次展覽目錄的引言中寫道：「去年夏天協會決定中斷例行的美術展，插入一場有特色的活動。在此之前，協會多半為各種不同的展覽提供了一致的關連，把分歧各異的不同元素和諧的統合在一起，協會因此創造了藝術性與現代性兼具的展覽。但是現在整個情況將作大幅度的改變。首先，我們創建了一個統一的空間，接著以畫作與雕像加以裝飾，因此這些藝術品乃是附屬在空間配置之下，在嚴格的標準之內，將所有的各別作品統屬在一個整體效果之下，結果這種嚴格的規範迫使我們不得不深入研究空間的特色，謹守一種主導整體的宗旨。

　　這一切的要求也是所有永垂不朽的藝術的基礎，人類史上最傑出的作品——神殿藝術——也遵循了這種原則。這種一心想要超越一般繪畫的渴盼，引發了我們在自己的會館中，大膽實現一個我們的時代不允許藝術家嘗試的理想，這便是一種有目標、有連貫性的內部設計……而賦予這個計畫、這個構想尊榮與凝聚力。我們希望

分離派會館上的石膏作品〈繪畫、建築和雕塑〉
»Malerei, Architektur, Plastik«, Stucco figures on the Secession Building

分離派會館上的黃金月桂葉拱飾
Golden laurel dome on the Secession Building

有一件獨一無二的藝術傑作作為整個展覽的焦點。正好克林格所做的貝多芬紀念碑即將完成，他以這件作品對貝多芬獻上了最真誠崇高的敬意；對我們而言，光是想到能為這樣的作品建置合乎它的環境，就足以鼓舞我們的工作熱情了。雖然我們也了解，自己的心血只能在短暫的展覽期間展示，我們的熱情依然燃起了對這件任務永恆的奉獻。這個展覽於是誕生了。它那曇花一現的短暫生命不應抹煞它的意義……我們要親身體驗完成這種有目標、功用的任務所享有的成就感。我們想要學習！這一切都要在我們這處處有侷限的會館中實現。當然，在這裡無法創造永恆存在的東西，因為每一個新的展覽都必定會吞噬掉前一次展覽的心血。」（47）

　　克林格的貝多芬紀念碑位在會館中央處的房間，但是展覽的安排使得觀眾不會在一進門時就直接被引向中央。首先，他們會看到像教堂般三進，由上方照明，光線黯淡，顏色素雅的建築；接著被引入在左方的「側廳」，在那兒有克林姆的〈貝多芬飾帶〉作為整個展覽高潮的前導。由比中廳略高的兩間側廳可以望入中廳，那兒的兩幅壁畫——羅勒的〈暮色來臨〉和阿朵夫・波姆（Adolf Böhm）的〈晨光初露〉——詮釋了主要作品和展覽的意義。觀者必須經過

第十四屆維也納分離派展覽（貝多芬），1902年
XIV. Ausstellung der Wiener Secession
主要展廳前牆上有伯姆（Böhm）所繪的作品
維也納，奧地利國家圖書館圖片收藏室
(Vienna, Bildarchiv der österreichischen National-
bibliothek)

右手邊的「側廳」離開展覽，而在那裡展出的作品包括費迪南‧安德里（Ferdinand Andri）的〈戰鬥的喜悅〉和約瑟夫‧馬利亞‧奧亨塔勒（Josef Maria Auchentaller）的〈喜樂，你這美妙輝耀的神〉如鐘之回音，再次回應了精心安排的神聖、肅穆的氣氛。

這種由情境導引而產生的美感經驗絕非創舉。在十八世紀末期中產階級的美術館觀念中，這種藝術體驗的宗教化便已開始，也反映在古典主義和歷史主義的博物館內部設計了。而到了十九世紀初期，文化建築物的設計則為「淨化」的藝術經驗提供了適宜的環境。在柏林由卡爾‧弗里德里希‧申克爾（Karl Friedrich Schinkel）設計的劇院和博物館正是最典型的例子。在那個時候，踏入和踏出「藝術殿堂」，正代表從世俗的日常生活中改換到文化世界之中，因此這兩個行動可說是意義非凡的。

在該分離派的藝術展中，進出門處謹慎的設計與安排特別明顯。這種設計使得從一個房間進出，轉入到另一個房間也成了一種藝術經驗。由霍夫曼所設計，用灰泥製成、完全抽象的方形浮雕作為「左廳」的出口，這被視為是藝術史上首見的抽象作品。

第十四屆維也納分離派展覽（貝多芬），1902年
XIV. Ausstellung der Wiener Secession
馬克斯‧克林格（Max Klinger）所作的貝多芬雕
像座落在主要大廳之中
維也納，奧地利國家圖書館圖片收藏室
(Vienna, Bildarchiv der österreichischen National-
bibliothek)

克林姆的飾帶原先打算作為裝飾之用，用途與其他的展出作品相同，在於展示與彰揚整個展覽的主旨。但是此刻克林姆的任務已經與他早先的裝飾工作大異其趣了。過去，裝飾工作表示，畫家在由建築物與浮雕裝飾成份現成的架構中填加繪畫，就像是將照片插入相片簿般的死板。但是現在克林姆有了一個新的機會，甚且必須使構圖與表現方式配合空間與內涵下的總體觀念。對克林姆而言，這也同時意味著，只要在前述的大前題之下，他便可以自由揮灑。

「總體藝術品」這個展覽對偉大的作曲家貝多芬、偉大的藝術家克林格，同時也對分離派以藝術「拯救」社會的信念致上了最高的敬意。結果藝術家本身成為了救世主；藝術品和它的「祭儀」（也就是展覽）就成為了一種救贖。「如果這個世界上有所謂的群體自戀狂的話，無疑就是這個了：藝術家們（分離派）崇拜一個藝術家，而這位被崇拜的藝術家又轉而崇拜另一位藝術英雄（貝多芬）。」（48）公眾的反應是：58000名觀眾蜂擁而至。這是分離派有史以來最偉大的成功──無疑的，這主要是來自十九世紀人們對貝多芬的崇拜。

由歐布利希所設計的分離派會館，主要是希望為人們提供一個不受日常生活干擾的藝術氣氛。分離派的夥伴與支持者巴爾寫道，在會館裡觀者可以「洗滌日常生活中的憂慮，將心思專注在永恆之上」，擺脫「日常世界心理上和情緒上的壓力。」（49）在那裡對藝術的體驗是，藝術是一種與一般生活無關的領域，而藝術品則是專為這種環境創作的。值得注意的是，如今藝術展出的建築環境再也不是公共的歷史紀念性建築，而是較具私密感的、短期的展覽了。

　　克林姆的飾帶顯示，藝術作品不再主要作為單純的歷史紀念物，同時也已成為空間藝術的裝置元素了；而抽象與單純的展覽環境，更突顯了作品的材質效果，從而烘托出各別作品的特色。這種質料的素樸和缺乏裝飾性的特質，清楚的和歷史主義的美學原則劃出界限。對歷史主義的藝術來說，裝飾成份是最重要的表現工具。

　　後來在1908年的藝術展中，克林姆在一次的演說中提到，分離派的展覽並沒有成功推動促使「讓藝術進入生活的各個角落」的目標，甚為可惜。藝術在生活裡無所不在，才是「文明進步」的前提（50）。克林姆承認，分離派整體理想已經失敗了，因為分離派展覽的目標，本在消泯藝術與生活之間的界限，但這並未達成。

　　事實上，藝術可以改變社會的這個理念，在十九世紀的應用藝術運動中已經充分表達過了。奧地利皇家帝國藝術暨工業博物館和成立於1867年的應用藝術學校（克林姆曾經在此接受他最早期的訓練）已致力於將文化和經濟的進步融於一爐了。手工業、工業和藝術應成為互助互補的整體，商業和工業產品的「藝術改良」可以提升銷售量和利潤。與此同時，這種結合也肩負起社會文化教育的功用，讓藝術家、製造業、知識份子和「平民百姓」齊聚一堂，打破階級的分隔。

　　在經歷過十九世紀經濟和社會的危機之後，分離派已經無法堅持藝術的生產和對藝術的接納應合而為一的想法。維也納工作坊的成立、應用藝術學校為提供更多實用的訓練而進行的改革與分離派的展覽，都嘗試在新的層面上實現改革的目標。但是分離派一如維也納工作坊，只為一小撮有錢人製造精緻的奢侈品（結果財務遭到困難），他們的對象因而僅是一群菁英份子，這從而使得博物館教育大眾的功能，轉換成了純粹針對菁英份子，並且全由藝術家來擔負的美學使命。

　　藝術評論魯朵夫·洛塔爾（Rudolph Lothar）對1898年的展覽評述如下：「這是一個你可以遠離日常生活的喧囂，聊聊藝術和作品的地方。這裡的新藝術需要的不是噤聲不語的觀眾，相反的，它鼓勵你去討論，由不同意見的相互激盪而獲得力量。……當我們觀賞藝術以逃離日常生活時，反而會更加接近生活——雖然是以另一種

貝多芬展覽上的分離派成員

從左至右為：安東・史塔克（Anton Stark）、古斯塔夫・克林姆、科羅曼・摩瑟（Koloman Moser，克林姆前方戴帽者）、阿朵夫・伯姆（Adolf Böhm）、馬克斯米利安・連茲（Maximillian Lenz，躺臥者）、恩斯特・史多爾（Ernst Stöhr，戴帽者）、威廉・李斯特（Wilhelm List）、愛彌兒・奧李克（Emil Orlik，坐者）、馬克斯米利安・庫澤威爾（Maximilian Kurzweil，帶小帽者）、李歐剖・史托巴（Leopold Stolba）、卡爾・莫爾（側臥者）、魯朵夫・巴哈（Rudolf Bacher）

方式……藝術最高的任務並不是讓人享受，而是教導人如何享受，藝術因而成為人類的好導師。」（51）在那之前，中產階級仍然認為，美術館應該藉由藝術以及對藝術的欣賞，發揮教育、提高人文精神及教化的功能。然而，如今這種觀念已為純粹的藝術享受所取代，而觀賞者僅只成為展覽的「訪客」了。但是，這種欣賞並不是每一個人都懂得的，而是只有這些「理解藝術家在創作過程中的情感的人，才有資格接近（藝術品）。」總而言之，「分離派藝術就是心靈的藝術，而分離派藝術也志在作為心靈的藝術……這正是它的現代性、力量和意義的所在！……所有為生活而奔波勞苦的人，藝術都要使他們晉身為貴族！平民的貴族化正是藝術的使命！分離派以全新和有力的方式，溫馨而又體貼的為這一目標而奮鬥。分離派要敞開大門迎接民眾；民眾一定會逐漸理解他們的語言。」（52）

貝多芬飾帶

克林姆的貝多芬飾帶原本計畫在展覽過後就拆除，因此當初使用的都是最便宜的材質（結果在後來修復時帶來了無數的困擾）。貝多芬飾帶畫在釘有蘆葦管，上塗以灰泥的木製方格中。為了達成某些特殊的效果，克林姆還利用圖釘、鏡片、鈕扣和彩色玻璃製成的流行飾品以及其他的材料。儘管如此，貝多芬飾帶卻成為比展覽中其他的作品更長壽的傑作（53），變成這個最知名的分離派展覽一件紀念性作品了。1970年奧地利政府買下了貝多芬飾帶，進行昂貴又費時的修復工程（54），同時還製作了一幅一模一樣的作品，作為展覽之用。這件複製品曾於1984年在威尼斯初次展出。1986年，甫修復的原作也在「維也納1870–1930年——夢與現實」的展覽中第一次公開展出。如此一來，貝多芬飾帶便成為世紀之交奧地利——甚至是歐洲的主要作品之一。貝多芬飾帶一直被視為是克林姆藝術的關鍵之作，而過去幾十年來這件作品一直沒有公開展出，更賦予了它一種神祕的色彩。如今，貝多芬飾帶又重回分離派會館，但是不是在它原來的位置，而是在地下室一處特別為它準備的大廳之內。

在1902年的展覽目錄中，清楚的指陳了這件作品與分離派的理念。貝多芬飾帶指的是貝多芬第九交響曲最後一段的大合唱，這段歌詞出自席勒（Schiele）的《快樂頌》，而飾帶的中心意旨是，以藝術和愛，拯救「軟弱的人類」。飾帶的開頭描述人類對〈快樂的嚮往，脆弱人類的苦難以及軟弱的人類祈求全副武裝的強者以外在的力量，憐憫與進取心以內在力量激勵他們為爭取幸福而奮鬥〉。旁邊的牆上則顯示了征戰的結果〈人們在詩歌中發現嚮往中的快樂。藝術引領我們進入理想的世界，唯有在此我們才能尋獲純真的喜悅、快樂和愛。天使合唱「喜樂，你這美妙輝耀的神」、「世界之吻」。在二者之間較狹窄的牆上，則展示了敵對的勢力〈帝佛斯（Typhoeus）巨怪肆虐，連眾神也奈何不了它，而巨怪的三個女兒戈耳工是疾病、瘋狂和死亡。肉慾、淫亂、無節制、折磨的痛苦之上有人們的渴盼與願望呼嘯而過〉。在幾乎保留質材原貌的灰泥上自由飄動的人物，構成轉入最後場景的中介。

與位於中間的戈耳工相關的素描，1902年
Zeichnung im Anschluß an die mittlere der Gorgonen
黑粉筆，部份塗抹，44 × 31公分
維也納，歷史博物館
(Vienna, Historisches Museum)

貝多芬飾帶，1902年
Beethoven-Fries
中間的窄牆（局部）：
不貞、肉慾和無節制
Unkeuschheit, Wollust und Unmäßigkeit
酪蛋白顏料、灰泥底，220公分高
維也納，奧地利畫廊
(Vienna, Österreichische Galerie)

當你親自觀賞貝多芬飾帶時，就會發現，畫面與文字的描述並不完全一致。這個也可視為分離派菁英藝術理念自戀形象的「強者」，並沒有被描繪成為了群體的幸福而奮鬥，也沒有與敵對勢力短兵交接。最終獲得救贖的也非人類，而是英雄本身。這位英雄並不是一位行動家和拯救者，只是一個被動的受難者。畫中敘述的故事並不是在描述掙扎和戰鬥，而是人類對痛苦和現實忍耐能力的一種試煉。這幅畫可以解釋為，男性應付真實生活的能力象徵。

但是貝多芬飾帶並沒有顯示出男性自我在社會中所承受的束縛。男性在飾帶接續的場景中，他在道德朝聖之旅的途中，受到考驗的並不是他的社會地位，而是他的自我認同。他沒有帶來救贖，反而在找尋救贖！而那些威脅到他自我的，正是開放自我的危機所生的恐懼譫妄；這個他必須與之對抗的「敵對勢力」，除了帝佛斯巨怪之外，全是女性。

這群女性看來極端醜陋、令人厭惡，並且充滿敵意，她們的性特徵也顯得極為危險。她們象徵了橫流的女性本能，是男性要對抗的「敵對勢力」。全副武裝的英雄由貞節、賢良的女性派遣動身出發，但他的目標其實是拯救自己，而非拯救人類。為此他避開具侵略性的女性本能，以控制自己的本能，而將男性本能中具侵略性與危險的部份推諉到女性的身上。畢竟，以各種形式出現的女性其危險性原本便源自男子的恐懼譫妄。

根據目錄，這些嚮往和願望的象徵由敵對勢力的頭上凌空飛過；事實上，他們懸浮在下方的事件之上，與強者所謂的救世戰爭毫無關聯：「（象徵）的這種心理狀態，正是軟弱的自我的典型表

左圖與對頁：
根據漢斯・侯賴恩教授（Prof. Hans Hollein）重建的克林姆作品展覽廳，右側牆面

現。這種軟弱的自我，另一個特徵是，以幻想來補償掌握現實能力的不足：願望是一切，奮鬥抗爭能免就免。」（55）

　　將女性的形象一方面劃分為貞節、美德部份，另一方面又表現出威脅的形象，正反應了當時社會現實的分裂情況。而克林姆在他的作品中，也將這些矛盾以各種方式加以表現。女性的形象一方面涵括了神話中的角色、女巫、人魚、寓言故事中的動物，另一方面則是上流社會的女性。而如〈貝多芬飾帶〉所曉諭的，男性自我的成形與壯大，必須將女性分為好與壞兩種類型。在世紀末德語中慣用的幾組辭彙：Weib（一種對女性輕蔑的說法）與Dame（女士）；Hure（妓女）和Mutter（母親），不僅反映了女性在社會上的角色，也顯示了男性的期望和恐懼譫妄。

　　最後一個畫面（救贖）是指貝多芬第九交響曲的第四樂章。但

上圖與右圖：
貝多芬飾帶，1902年
Beethoven-Fries
左側牆面（局部）：
快樂的嚮往
Die Sehnsucht nach Glück
酪蛋白顏料、灰泥底，2.2公尺高，13.78公尺長
維也納，奧地利畫廊
(Vienna, Österreichische Galerie)

是克林姆意不在歌頌這件文學上和音樂上的傑作（實際上只有天使的合唱才與此有直接關聯）。此外，這一畫面並沒有如目錄中所言，呈示人類的救贖。相反的，如同一整個飾帶，最後的畫面並沒有勾勒出分離派希望經由藝術和藝術家來拯救人類的信念，反而意含一種個人的、男性的譫妄。

畫面上的焦點是一對情侶：這位「全副武裝」的強者已經卸甲，緊擁著一位女性。他並沒有面對著觀者，我們看不見他的臉，也無從猜測他的感覺。這個吻代表男子為女子所拯救，同時，這一畫面也表現了對有情有慾的人類與自然共生的夢想；但它也同時散發了一種特殊靜止或是凍結的感覺。這對情侶似乎被捆鎖在一起，動彈不得，僵滯成為裝飾物，而化入了他們周遭的環境中。這種裝飾性的靜態同時也反映在看起來類似，幾乎讓人覺得乏味的天使合唱團身上。男性魁偉的背部幾乎完全遮住了女子，我們看不見她的臉，因而這兩個人物的個體性都隱而不顯，而融合成一種無可抗拒、無可分解的對偶性整體。他們的腿被一團藍色的線索纏縛。這個「救贖」的真相事實上是一種逃離，一種藉由藝術自生活抽身而出的逃離。維爾訥·霍夫曼（Werner Hofmann）曾經分析了這種「救

贖形象」的弱點：「顯然，克林姆無法將席勒對人類的喜悅激情，與他的主題結合在一起。因為他所表現出的情色是隱藏而不示於人的。在一座珍貴的保護罩之下，這對男女融合成一體。這個吻真的意指親吻『整個世界』嗎？或者只是親吻那些被美學信仰揀選出的少數信徒呢？在這座保護罩之中，我們看不見逃生之路；為了獲得這種完足，必須以背離整個世界作為代價。這個靜態的了局似乎會導向『為愛之死』」。（56）

如霍夫曼所描述的，這對愛人靜止不動，是克林姆整件作品的特色。克林姆以大塊空白的平面，將各種似乎毫不相關、封閉自足的成份一一並列。這些由空白平面區隔的人物和人群，營造出了一種形式上的張力。而這些空白平面都不曾加以處理，只是一塊塊未曾上色的灰泥。以粗糙的灰泥面作為畫面的一部份，是種徹底而又不尋常的抽象表現，如此可使畫底轉化為傳遞意涵的工具。在對〈史托克列飾帶〉（第 144 頁）的討論中，我們還會對這種抽象化、以畫底材質作為部份畫面的特色作更進一步的討論。

從原來這個展覽房間的舊相片，可看出飾帶的三個部份是由其間的條形牆面分隔開的。飾帶的目的不在敘述一個連續性的故事，

而在以一個個獨立的場景，象徵性的詮釋由克林格的貝多芬塑像表示的，藝術救贖人類的信念。

然而，一旦將展覽背景以及世紀末對貝多芬的崇拜考慮在內，我們並不能單以上述個人的譫妄來解讀其中的意旨。克林姆視他的作品為當時文化態勢與力量、藝術和身為救贖者的藝術家之表徵。有許多人認為在〈貝多芬飾帶〉中有許多指涉藝術史和神話的成份，但這些說法僅有極少數具有說服力。比較可信的是，以明顯的三分格局、「救贖」和「敵對勢力」之間的對比都帶有批判當代文化的色彩。而一旦考慮分離派在藝術與文化政策上所作的努力，這種看法就更具說服力。「貝多芬宣佈（在他的第九號交響曲中）了一種烏托邦，其中全人類融洽有如手足，擺脫一切痛苦；這樣的烏托邦恰與現代文明中的混亂、腐敗，以及自上而下的強制力（指國家和教會）形成對比……畫中的『敵對勢力』指的顯然是克林姆心目中阻礙他藝術發展的阻力……這幅壁畫的震撼效果也是整體展覽策劃在內的。人猿似的怪物，有著珠母製成的眼睛，和古代神話中最為駭人的名號；而自灰暗的裝飾背景處湧現的女性人物……參觀者一入門，就逼面而來。」（57）

貝多芬飾帶，1902年
Beethoven-Fries
中央窄牆（局部）：
敵對勢力
Die feindlichen Gewalten
酪蛋白顏料、灰泥底，2.2公尺高，6.36公尺長
維也納，奧地利畫廊
(Vienna, Österreichische Galerie)

　　〈貝多芬飾帶〉一般視為是克林姆繪畫事業的轉型作品，但是這件作品在風格上的特色無論在當時或今日，都引來了批判的聲音。他那簡化到僅剩輪廓的畫法，二度空間塑像般的人物所散發的濃烈情感，色彩、輪廓和不加粉飾的灰泥畫底之間形成的對比，簡化到僅存輪廓但滿載意義的人物，這一切都充滿了形式和內容之間的矛盾，並非所有的人都會欣賞。

　　在描繪人物時，克林姆不再使用寫實手法，而使用一種平面的、素描般的表現方式，結果成了缺乏餘韻的海報風格，因此已經無法傳達滿懷情感的內涵，例如這些「受苦難的人類」。藝術史學者弗里茨‧諾維特尼（Fritz Novotny）將飾帶內涵上的缺陷描述為是美學上的問題：「這些新的或是『現代』的成份，在於加強——無論自覺或不自覺——以純粹的形體，來傳達內涵。這種形體要……以全新、直接、乃至較其他藝術品更明晰的方式表達思想和情感。線條構成的不同搭配——克林姆藝術中的優點和最重要的工具——本應傳達憂傷或安詳，沮喪或是解脫，或是任何難以形容的情感。我們會期待，這種藝術在形式有別時，所傳遞的內涵也應隨而更異。這一點由〈學系繪畫〉與〈貝多芬飾帶〉的差異便可看出：前

者以模糊的手法表現了悲世憫己的情懷,後者則以嚴謹、非寫實性
的手法傳達了英雄內在掙扎的偉大。

　　克林姆選擇了非寫實、純粹以形式表現的手法,因而在表達超
驗的內容時,難免會面臨窘境。然而,強化「開放性」的線條,加
強形式構造,果真是描繪超驗的思想與象徵內涵的不二法門嗎?期
待中形式與思想內涵的諧和豈不是會受到形式、線條與色彩,尤其
是裝飾性的牽制嗎?美學方面的效果無疑良好,但是含意的清晰、
明確和濃度到底又如何呢?」(58)

貝多芬飾帶，1902年
Beethoven-Fries
右側邊牆（局部）：
對快樂的嚮往在詩歌中獲得
Die Sehnsucht nach Glück findet Stillung in der Poesie
酪蛋白顏料、灰泥底，2.2公尺高，13.81公尺長
維也納，奧地利畫廊
(Vienna, Österreichische Galerie)

吻

克林姆 1907/08 年的作品〈吻〉（第 117 頁），如今在維也納的奧地利畫廊中可觀賞得到。這一克林姆最為著名，以各種不同形式複製最廣的作品，作於他所謂的「黃金時期」（golden period）。因為在這個階段他大量使用金色的顏料與真正的金片。這一階段的作品之所以那麼受歡迎，或許與他使用的無彩顏料——金色有關。金色會令人聯想到巫術與宗教及它材質上的珍貴；而高貴和價值感，更與克林姆作品的蘊意若合符節。換言之，金的「價值」也使得它的「含意」愈發高貴。克林姆在這個時期的風格特色，如作品中兩度空間的裝飾性，以及避免立體感的表現，提升了純粹圖畫與畫面本身的重要性。結果畫面上珍貴的裝飾成份，使得畫作的「意義」移轉到形式和材料上，而不是在內容之中。而作品散發的氛圍和它魅惑般的美，應該歸功於兩種特質——珍貴之感，以及代表純然的情色喜悅的那對戀人。

　　站在懸崖充滿花朵的草地上——但這並非用來指點特定的空間位置——這對戀人完全陶醉其中，彷彿進入一種金色的光芒，使他們緊密的連結在一起，同時又與外界隔離。由於空間位置不確定，這對戀人就像是被置入一種沒有空間、沒有時間，與自然合一而又涵括一切的圓融狀態，遠離任何確定的時代或是社會現實。正如新藝術（在德語文化區稱為年輕風格）的理念，這對戀人被描述為是「整一的，宇宙源起式的以及與自然和諧」，沉醉在一種渾然圓滿的體驗之中。（59）

　　自成一體的這對戀人、男性背對著我們的臉龐，在在加強了他們的與世隔絕感，以及與觀者的距離，所有的一切在此都被簡化成了兩性的差異與「純然」的本質。這對相擁的戀人置身在一處同樣「純然」、遠離現實而圓融的原初空間，因而畫中對幸福的允諾也唯有建立在本初的自然之中。幸福只有在社會現實之外才有可能存在，而兩性間、人與大自然之間發乎自然、不受強制的關係，也唯有在夢裡才可能實現。一如在〈貝多芬飾帶〉中「救贖的允諾」般，這幅畫也始終沒有告訴我們要如何才能達到這種境界。

站立的戀人側面，1907/08 年
Stehendes Liebespaar in Seitenansicht
藍色色筆，56 × 37 公分
維也納，阿伯汀納版畫收藏館
(Vienna, Albertina)

吻（局部），1907/08 年
Der Kuß
畫布、油彩，180 × 180 公分
維也納，奧地利畫廊
(Vienna, Österreichische Galerie)

生命是一場戰鬥（金騎士），1903年
Das Leben ein Kampf (Der goldene Ritter)
畫布、油彩，100 × 100公分
紐約，私人收藏，聖愛汀納畫廊（New York,
Galerie St. Etienne）允許使用

　　因為這對戀人服飾上裝飾造型的象徵含意，有許多人將這幅畫
解釋為兩人的結合；然而，正是這些裝飾造型使我們得以區別男與
女。根據對兩性生理與心理特徵的一般看法，這位男性被賦予了
「剛硬」的造型：方形，黑色、白色和灰色的塊面；而女性卻被賦
予了「柔軟」的造型：如彩色繽紛、花朵般的曲線造型。雖然這對
戀人因為緊緊相擁、共同描繪出了單一又完整的輪廓，再經由兩人
金色的衣飾勾勒出他們一體的的輪廓，但是這兩個人物仍然可以藉
由他們服飾上造型的差別，辨識他們的性別差異。但也正由於這種
裝飾手法，而泯除了性別的不同，結果，僅只剩下以不同裝飾造型
代表的，抽象的、象徵性的男女之別。

　　「在〈吻〉之中，男女之間肉慾的張力，克林姆並沒有以他們
的身體來表現，而藉由方形和圓形圖案的對比來傳達。因此性驅動
力和肉慾都被秘碼化，成了一種圖案上的對應了。」（60）這種將性
驅動力的表現由人物與身體轉移到裝飾圖案的手法，同時也拉近了
兩性之間的差別。雖然由裝飾造型仍可辨識出男女，但這也是唯一
的憑藉；由身體、姿態、相貌以及表情等，都已幾乎看不出二者的
差別了。類此克林姆對泯除性別差異的興趣，在他許多的作品中都

吻，1907/08年
Der Kuß
畫布、油彩，180 × 180公分
維也納，奧地利畫廊
(Vienna, Österreichische Galerie)

可以看得見。譬如在克林姆為史托克列宮（Stoclet Palace）（第151頁）餐廳側牆所作的馬賽克作品，便可以看到克林姆將男女間的特色完全泯除，男女兩性只由一個形象來代表，這我們會在以後的章節中詳述。結果克林姆不得不放棄以寫實手法呈現人物，致使人物變成了「工藝式、塑像般的物件」，成了一種物體。在克林姆的〈學系繪畫〉（第76–89頁）中，克林姆以漫無目的、循環往復的自然批叛中產階級所謂的理性進步樂觀主義。但是在克林姆的〈史托克列飾帶〉中，他更銳進了他的主張，強調人物的與世隔絕，而剝離任何一種超越人物自身的意義。結果，克林姆必須向現實原則的力量屈服：人類統役自然的幻想，一轉而為人類為物質所役。而想拉近男女兩性，甚而泯除兩性差異的理想，最後只成了物象喪盡，抽象的馬賽克裝飾物了。

在〈吻〉之中，男子的背部勾勒出了環繞著這對戀人的光環的輪廓，這個光環的形狀曾經被描述為「像塔一般的」、「鐘形」和「難以言喻的」，然而歸根究柢，這毋寧是個陽具的象徵。對克林姆而言，這其實是很稀鬆平常的。在〈貝多芬飾帶〉中，克林姆曾經以相同而更為坦露的形狀來代表「肉慾」。有一次，在一種類似

117

諷刺漫畫的作品中，他甚至將自己畫成了一根陰莖。這個男性的主要特徵，正好與如公牛頸背般剽悍的魁梧身材相呼應。男人是畫中所有主動力量的來源，他緊抓住女子頭部，將之扭轉朝己以便於親吻她的臉頰；而女子卻被描繪得相當被動，她以一個相當明顯的臣服動作跪在男人面前。從克林姆原先的草圖中，我們可以看到克林姆本身對這個題旨的興趣。在這些草圖中，他曾經試驗各種方法，以便找出男人和女人由於大小差異所形成的構圖問題。最後克林姆決定，讓男性站立的姿態隱昧不明，但是卻讓女性從光環的輪廓中伸出腳來，結果更加凸顯了她跪著的姿勢。女子的花飾也形成了一種光環，由此強調了她有如在睡夢中的被動性。

在這幅畫中充滿了各種雙重意涵。它一方面頌揚了兩性結合的歡愉，但與此同時，卻也消泯了人物的個體性以及兩性的差異。一如在〈貝多芬飾帶〉中親吻的裸露男性（第113頁），此處的男子無疑也充滿了男性雄風（克林姆無疑認為他自己也扮演了那位男性英雄的角色；但這絕對不是像許多人所說的，是他的自畫像），但透過裝飾性的畫法，克林姆卻將男女之間的生理差異抽象化了。

而克林姆將兩個人物融合為一個形體，也可視為克林姆去除兩性差異的努力。陽具，這個男女人體構造與生理的差別所在，變成了代表了兩個人物與兩種性別的符號性、紀念碑似的造型。結果這種兩性和合，乃至去除差異的烏托邦式的幻想，最後還是必然陷入由男性主導的境地。

這幅畫的畫面提供了兩種角色涉入的可能性。對觀者而言，男性是他認同的對象：他是畫中主動的角色，主動藉由擁抱消泯兩性差異，嘗試融入女性角色中。性別的差異則已經由身體轉移，以抽象的裝飾造型來代表，而兩人的身體也已渾成一體了。對女性的認同則源自所謂的男性自我危機，或者以政治社會學的說法表示，即是源自開放的自我的危機。這種危機導致男性發現了他們自身中的女性成份。在〈貝多芬飾帶〉當中，這些成份被析離為駭人的「敵對勢力」，需加以抵抗。然而在〈吻〉當中，性別上的差異同樣也沒有受到接納，男性將女性的圖像納為自己的一部份，並且使之臣屬在他們的統治下。這個代表陽具的象徵造型指涉了兩性間永遠的分隔。若說這幅畫要表達的是結合，倒毋寧說正是這種分隔。

葛爾特·馬藤克洛特在克林姆的素描中也發現相似的現象：「在他多數的素描中，小女孩或是少女經常穿著長長，罩衫一般的袍子，全身除了頭部外……都隱藏在衣袍下……有時狀如梯形，但更多的是細窄、偏高的造型，將女性特質包藏其內，而肖似陽具的形狀。如此，這種身體模擬了她們所缺乏而渴望的，因而變成了她們所沒有的東西。她們以整個身體來補足她們身體唯一的缺陷，身

體因而同時代表了缺陷與象徵性的戀足這雙重意義。藉由這種造型，原本渴求某物的身體便成了它所企求之物的象徵——也就是：肉慾的崇拜物。」（61）

　　在〈吻〉之中，戀人相擁似乎不在於表現一種結合，也不在表現愛慾的勝利，而在於顯示自我凍結的、回歸原初的狀態，在這種狀態之中，兩人已經不再意識到自己與世界的存在（62）。克林姆在描繪一對男女時，總是缺乏愛情的溝通層面，男女之間鮮少有姿態或情感上的聯繫（在早期奧地利表現主義中的主題，兩性戰爭之間的侵略性此處一點也看不到）。克林姆的情侶只是擁抱著幾乎凝定不動，而在他晚期的作品中，則彷若迷失在夢中般，似乎毫無關連。對克林姆而言，這是一個重新定義兩性關係的方式之一，另一種方式則是如他在素描中所描繪的，簡化為愛慾上單獨自足的女性。〈吻〉一作之所以空前受歡迎，原因正在於上述提到過的因素。由於它沒有描繪愛情會隨時間而消逝，也脫卻了各種文化與社會環境的影響，因而可以作為情色歡愉的表徵。這種情色上的歡愉已不只是一種許諾，而是一種業已實現的企盼；其代價卻是與現世的隔離。各種互異的看法都可以投射到這幅畫上，而內容及情感、黃金與金色散發出的氣氛、材質的珍貴感等，也會在這過程中交互影響。

三個年齡階段／死與生

在作品〈三個年齡階段〉（第122頁）中，克林姆處理了他的中心議題——生命的循環。使用風格上的對比和不同程度的寫實手法，勾勒出年輕和年老兩個不同時期的對立。在一方面，這個年輕的女人手抱著一個入睡的小孩，象徵伊娃・迪・史蒂芬諾（Eva di Stefano）所稱的「世俗的聖母」（secularized madonna）。這個彷若在睡夢中、被動的女人，不但以風格化手法呈現，而且好似編入背景，成為裝飾性背景的一部份。另一方面，有個以寫實手法描繪的年老女人，絕望的側過頭去，以手遮掩自己的臉龐。這幅畫表現的並不僅是女人生命中的不同階段，而是女性不同的面向。史蒂芬諾寫道：「這個年輕女子的風格化以及年老女人的寫實畫法形成的對比，具有象徵意義。在生命中的第一個階段，生命充滿了無窮的可能性和變化；但是到了人生最後的一個階段時，卻只剩下了無可迴轉的必然趨向，無所遁逃，必須直接面對現實。第一個階段的特色是充滿夢想……，而最後一個階段夢卻已不再。」（63）

　　就像是在〈吻〉中一樣，此處也由一個象徵陽具的造型所包納。但是在〈吻〉一作中，同時有兩性出現；而在〈三個年齡階段〉，藝術家的角色涉入純是經由女性生命的不同階段來呈現：經由回歸原初的和諧、這種和諧的另一個自我——亦即老化的與生物功能的退化及進逼中的死亡。畫面中有個陽具狀的造形，象徵了男性的存在，這是否也如〈吻〉一畫表現的，可詮釋為克林姆想融入女性角色的渴望？如果真是這樣，那麼這種回歸原初的，這種女性、自然生命循環的烏托邦，無論在含意或形式上，不就又是由男性所操控了嗎？克林姆念茲在茲的一點或許也源自這種想涉入女性角色的願望。這種觀念便是一種先於出生、回歸原初，尚無性意識的和諧狀態；在這裡這種和諧是以母親作為代表的。胎兒時期的狀態在克林姆的作品中經常出現，而懷孕的主題在兩幅克林姆著名的作品中也看得到。在他的〈學系繪畫〉（醫學）中，也描繪了懷孕的女人。那種超越性別差異，如孩童般不涉世事的生活，在這幅畫中必須面對自身悲觀、接近死亡的另一面目。

　　如果真如史蒂芬諾所說的，這幅畫是根據傳統對空妄的描繪，那麼〈死與生〉（第123頁）或許援引了傳統上死亡之舞在藝術史上的象徵圖像，但是克林姆在此絕不想如傳統的死亡之舞，表現社會

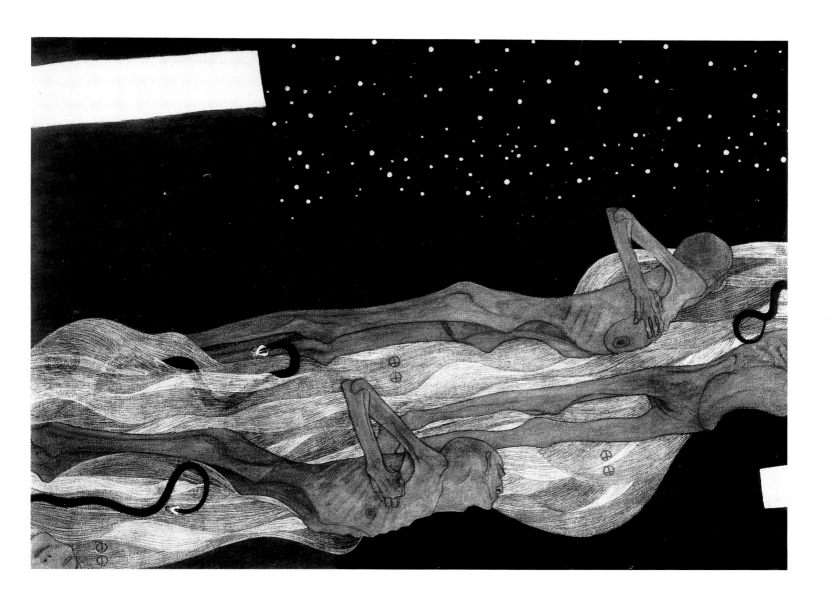

列隊而過的死者，1903年
Zug der Toten
畫布、油彩，48×63公分
1945年在印門朵夫宮（Schloß Immendorf）焚毀

的階層差別在死神之前律皆成為空妄。他想表達的反而是那種回歸原初的願望：與〈學系繪畫〉類似，克林姆將蜷縮成團，代表人類的人群，以充滿張力的構圖，與死亡對峙。在下半方有一對男女緊緊相擁，但是在這幅畫中擁抱並非代表愛慾的歡愉，而是要在愛情中尋求一種避難所和撫慰。」（64）和耶貢·席勒的作品相較之下，可以清楚發現，克林姆描繪人類的畫作，含意主要是由形式決定的。席勒在畫中以誇大的姿勢和析解的形式，造成一種令人不寒而慄的效果；而使用對比強烈、鮮明的色彩，以顯示人物心理的敏銳易感。但是克林姆的造型語言卻傳達了一種詳和的氣氛。畫面上兩個元素——死亡與人類——之間，無論是姿勢、動作或眼神，都沒有聯繫。這幅畫的張力正是由缺乏聯繫，以及畫面空間明確的分隔所造成的。在兩組形象之間，保留了一塊寬闊的的背景空間。但是這種由結構所產生的張力，部份卻為人物的描繪手法抵消了。人類或沉睡或迷失在夢境中，不僅不理會死亡，也不因他的出現而覺得受到威脅。

三個年齡階段， 1905年
Die drei Lebensalter der Frau
畫布、油彩，178×198公分
羅馬，國家現代畫廊
(Rome, Galleria Nazionale d'Arte Moderna)

死與生，1916年完成
Tod und Leben
畫布、油彩，178 × 198公分
維也納，魯朵夫・李歐剖博士收藏
(Vienna, Sammlung Dr. Rudolf Leopold)

耶貢・席勒（Egon Schiele）：
垂死，1912年
Agonie
畫布、油彩，70 × 80公分
慕尼黑，巴伐利亞邦立繪畫作品收藏，新畫廊
(Munich, Bayerische Staatsgemäldesammlungen, Neue Pinakothek)

耶貢 · 席勒（Egon Schiele）：
死神與少女，1915 年
Der Tod und das Mädchen
畫布、油彩，150 × 180 公分
維也納，奧地利畫廊
(Vienna, Österreichische Galerie)

125

希望

克林姆於 1903 年所繪製的的懷孕裸女名為〈希望〉，是他的作品中，少數幾件創作情況較為詳盡的，它在克林姆作品中也佔有特殊的地位。克林姆自覺的以許多作品觸犯保守的美學和道德規範，以懷孕的裸女入畫，在藝術史上，原只有少數人膽敢如此。克林姆自始至終都清楚，他的〈希望〉可能會違反一些禁忌，所以一開始並沒有將之公諸於世。據說教育部長哈爾特爾親自勸克林姆勿將它公開，以免對〈學系繪畫〉所引發的爭議火上加油。（65）

克林姆創作這件作品的外在動機，是因為他一名叫做黑爾瑪（Herma）的模特兒懷孕了。工人報（Arbeiterzeitung）的評論家阿圖爾・羅瑟勒（Arthur Roessler）報導說，黑爾瑪懷孕時雖然拒絕充當模特兒，克林姆還是要求她到畫室去。由於黑爾瑪須仰賴充當模特兒的收入支持家用，克林姆似乎利用了她的困境，所以最終黑爾瑪還是答應了。根據羅瑟勒的報導，這位小姐的「屁股要比多數姑娘的臉蛋更為美麗、更加聰明」（66）在男性藝術家和評論家眼中，模特兒是地位最低下的女性；這位模特兒的姓氏無人特別提起，正是這種態度的明證。羅瑟勒報導的這段插曲，正反映了藝術家認為模特兒可以任由他們擺佈。的確，克林姆只對她的身體有興趣。

經常有人提起，克林姆對他的模特兒相當慷慨。「所有遇到困難的女孩，無論問題大小，都來向他求助：有一個是父親過世，沒錢付喪葬費，克林姆就幫她付了。另一個是因為付不起房租而被掃地出門，克林姆就付清房租了。」（67）但是在另一方面，也因為經濟能力的緣故，克林姆得以充分利用她們。模特兒的鐘點費是 5 克朗（Krone），而克林姆的作品，如〈吻〉可以賣到 20000 古爾登（Gulden）。在一封克林姆寫給維根斯坦家人的信中，他寫道「一幅真人大小的畫像值 5000 古爾登」（68）。而為伊莉莎白・巴赫奧芬・耶希特男爵夫人所繪製的肖像，則得款 35000 克朗。而當〈學系繪畫〉初稿被拒時，克林姆便以 30000 克朗將它們購回（69）。在〈希望〉中的人物是以側面來呈現的，因而她那懷孕的圓弧狀身軀便成了裝飾圖案。從原先替這幅作品所製作的素描中，可以看出克

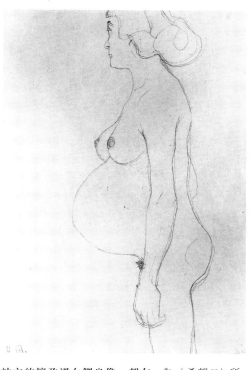

站立的懷孕裸女側身像，朝左，為〈希望 II〉所作的習作，1907/08 年
Stehende nackte Schwangere im Profil nach links, Study for »Hoffnung II«
黑粉筆、包裝紙，49 × 31 公分
維也納，歷史博物館
(Vienna, Historisches Museum)

希望 II（局部），1907/08 年
Die Hoffnung II
畫布、油彩和黃金，110 × 110 公分
紐約，現代美術館收藏，羅蘭・羅德夫婦暨海倫・艾席松基金會及瑟吉・沙巴斯基
(Vienna, Collection, The Museum of Modern Art, Mr. and Mrs. Ronald S. Lauder and Helen Acheson Funds, and Serge Sabarsky)

林姆如何費心，將身體轉化為裝飾圖案。克林姆嘗試了許多不同的造型，將人體逐步抽象化。而在一幅素描中，懷孕女人身軀的輪廓線更被多次複製，成了編織物或是地毯圖案般的花樣。而在完成的作品中，女子站立在平面化、裝飾性的背景前，背景處尚有一個類似〈貝多芬飾帶〉中出現的獸形怪物；它與〈法學〉中的章魚一樣，威脅著要將女人纏縛。在畫中的上方是一個骷髏和一些女性醜陋的臉孔，或許象徵了所謂的「敵對勢力」，但是畫中的女人扭身背對著他們，彷彿不予理會。

在克林姆這幅畫中的性慾成份，是以女子披散的紅髮來表示的，這也是許多作品中，那些充滿性魅惑力的危險女人的特徵。但在〈希望〉一作，這種性方面的意味卻因為裝飾圖案與具有象徵性的人物，而顯得較為淡薄了。由是，這幅畫以可以詮釋為包含了一種象徵性的意義；換言之，賦予它一種超越畫面的意義。畫面上方的這些頭部象徵意義並不明顯，但是畫作本身的名稱提供一個很好的線索，克林姆可能視懷孕是一種回歸到出生前的和諧狀態，同時他也想表示，新生命所受的疾病、惡習、死亡和愁苦等威脅。

不久，各家對此畫作的詮釋紛紛出籠，由這些意見可探知各家對這種題材不同的感受。例如「母性」一詞強調的是性慾對社會的益處以及繁殖上的意義。另一個常用的詮釋「生殖力」，強調的是新藝術中的自然哲學，如科米尼在分析這幅畫時便評論道：「於繁衍再生的偉大循環中，生與死都同時存在。」（70）

對「希望」的詮釋還有更為激進的。例如有人說畫中描繪的是「因撒旦而得孕」；另一說認為那是抗議十九世紀維多利亞式的道德觀。史蒂芬諾解釋「怪物」（就像在〈貝多芬飾帶〉中，看來沒有那麼可怕的怪物）是一種「女性負面本質」的象徵。這種具威脅性、吞噬一切的母性便是女性生殖力的另一個醜陋面目。但是畫中

情侶習作，1903/04 年
Liebespaar-Studien
黑粉筆，尺寸不詳，翻印刊登於《聖春》（Ver Sacrum），1903 年第 22 期

三個懷孕裸女的側身像，朝左，為〈希望 I〉所
作的習作，1903/04年
Drei schwangere nackte Frauen im Profil nach links,
Study for »Hoffnung I«
鉛筆、紅色、黑色和藍色粉筆，46 × 32公分
維也納，歷史博物館
(Vienna, Historisches Museum)

女人紅色、披散和波浪般的頭髮以及紅色的陰毛賦予她女性的另一
種角色。那些在克林姆筆下一般屬於妓女的特徵使得畫中懷孕的女
人具有一種蠱惑力。她平靜的望著畫外，絲毫沒有躲避觀者注視的
眼神。

畫中女性角色閃爍不定的特色源於克林姆將他經常表現的兩種
女性典型揉為一體：她既是母親，同時也是具有情色魅惑力的女
人。這兩個似乎相互抵觸的女性變體或許僅是男性對女性的了解兩
種不同的面目而已。奧圖·魏寧格（Otto Weininger）所著的《性與
性格》（Geschlecht und Charakter）給予我們一種以上述的角度詮釋
這幅畫的線索，提供克林姆何以將女性兩極化的一種解讀方式。魏

母與子，1904–08年
Mutter und Kind
藍色筆，53 × 37公分
維也納，阿伯汀納版畫收藏館
(Vienna, Albertina)

寧格說：「每個女人都同時具有兩種女性典型的特質，有的此多彼少，有的彼多此少。這兩類典型即是母親與妓女……前者接受任何一個可以讓她成為母親的男人；一旦懷了孩子，她就不再需要其他的男人；這是她唯一可以稱為「單偶女人」的理由。後者獻身給所有為她帶來性慾愉悅的男人；這種愉悅便是唯一的目的。上述兩種典型的極端唯一的共同處在此，而我們也希望由此可以幫助我們了解女性的本質。」（71）

雖然〈希望〉很快就找到了買主，但是這幅作品卻有好幾年的時間都無法公開展示。這幅畫的買主弗里茨・威爾朵夫（Fritz Warndorfer）是維也納工作坊的創始人之一。或許是在克林姆的建議下，

威爾朵夫訂做了裝有門扇、可以關閉，像三折式祭壇畫一樣的畫框。他或許並不是想如阿麗絲・史托貝爾（Alice Strobl）所言，避免這幅畫遭到「不配觀賞者」的注視（既然這是放在威爾朵夫自己的家中，想「保護」這幅畫本來極為容易），而是想要享受展開給客人觀賞時的景況。路德維希・黑維希（Ludwig Hevesi）說：

「有一天傍晚，我們大家都坐在一塊兒，觀賞威爾朵夫所蒐藏的一些怪異藝術品。有一幅大作品用了兩扇門遮掩，以免不適合看的人偷窺。這幅畫正是克林姆知名的——或是惡名昭彰的「希望」。畫中那個年輕的女人，顯然懷孕了，而那位藝術家居然膽敢畫出她裸體的樣子……這種創作可真是感人。這個年輕的女子，處於這種聖潔的狀態之下，何其高雅！周遭環伺著兇惡、猙獰的臉孔，淫穢、褻瀆的生命之魔逼前取命……但是她絲毫不為這些試煉所動，意志堅定的邁向這條恐怖的路途。她因子宮中的新希望純潔而不受玷污。」（72）

克林姆在〈希望 II〉重新又處理了懷孕女人的這個主題，而且他大幅度的改變了風格和象徵圖像。克林姆不再採用高而窄的長方形規格，捨棄畫面上形象兼具裝飾作用的繁密關係網。現在他改採偏好的四方形規格，懷孕的女人彷若雕像，將所有「衛星象徵」完全拉到自己的身上：那個骷髏頭似乎正好「坐」在她懷孕的身上，而其他具有輔助功能、鎮定人心的女性頭顱則保持沉睡、祈禱的姿態靜止不動。這次女人也轉開視線，畫中人物、觀者與女人都缺乏任何聯繫，她似乎沉入在自己的思緒之中。最重要的是，這幅〈希望〉的女主角不再是裸體了。她的身體幾乎全部成了一個具有特定結構的複雜裝飾圖案，僅只如克林姆的肖像畫中表示的，以頭部、胸部以及高舉的手代表女性的身體。生殖、吞噬，同時又具威脅的母性，三者原為一體的含意在〈希望 I〉中還含渾不明。到了〈希望 II〉這種含意卻以濃縮（73）的方式明確的表現；此處這三種各異的成份一一以具體形象出現，來呈顯女性的不同面目；但也因此失去了它的多義性：〈希望 I〉中，母性這個新藝術時代的焦點題目提供了多種詮釋的可能性。

對這件作品的解釋方式游移不定，從心理學的觀點到情色性慾的角度都可見；而後一種方式包含了女性性慾的雙義性及其危險性在內。但這種象徵意義到了〈希望 II〉卻變得較為簡單較為膚淺了，簡化到僅剩下了克林姆的中心主旨：生與死永恆的循環是由自然決定的過程。

從我們所知的〈希望 I〉產生的情況，以及藝評家和藝術史學家的反應，清楚的表現了當時的男性藝術家到底利用他們的女性模特兒到何種程度。這種利用是以經濟及美學上的需求作為說辭，而藝

評家和藝術史家事後還以各種理論為他們開脫。一直到今天，環繞著克林姆模特兒的傳聞祕史都還依然存在。只要翻閱有關克林姆的研究著作，很快就會發現，那些傳聞秘史數十年來，依舊頑強的繼續流傳。而那些少數可以證明的真相，也因加油添醋擴大補充，而至在無數的謠言和半真半假的傳聞包圍下，再也無法辨識真相為止。許多著作在論及「克林姆和他的模特兒」時，所談的多是憑空杜撰，或者只是現代作者自身願望的投射罷了。

而若果真有人查覺到了藝術家和模特兒之間的關係不尋常，往往又會將模特兒的角色理想化與扭曲；或者他們明明知道當時真正的社會狀況，卻依然會讚揚她們是女性解放的英雄，甚而堅持這一點也可以由克林姆的藝術中看出。少數作者如漢斯・霍夫史塔特（Hans Hofstätter）在談論到模特兒所扮演的角色時，甚至認為她們在克林姆的作品中扮演了革命性的角色。他說，克林姆在他的情色素描中表現了「批判性的揭發」並「重新評估了女性在社會中所扮演的角色」。更有甚者，認為這樣的「解放行動」並非由克林姆獨力完成，由他作品中大膽、露骨的描繪，還可以看出模特兒為自由而發的抗議之聲。霍夫史塔特將藝術家對模特兒的操縱利用一轉，而詮釋成模特兒有「露骨的展示自己最私密處」的自由。她們因而向當時中產階級性事方面的道德成規挑戰，要求一種打破道德束縛的，新的情色觀。（74）

但是霍夫史塔特卻忽略了，藝術家可以任意箝制模特兒在社會上、物質上、美學上等各方面的自由（〈希望I〉正是典型的例子），同時他們可以決定對女人的看法。提到社會地位，模特兒在當時是社會上最底層的族群。她們沒有自主的權力，也沒有任何一個提出抗議的機會。男性藝術家對女人角色的定義，不僅意味著一種情色與性慾方面的「發掘」，同時還將女性化約為只剩下情色與性慾成份。由於這種原因，再加上當時的文化或社會背景，使得女性的性解放缺乏滋長的土壤；因此克林姆與他模特兒之間的關係，絕對無法用「女性解放」來美化。因為一旦如此解釋，便會錯以為，克林姆與其藝術的目標在於改善社會環境。然而實際上，克林姆和分離派的一切努力，皆在致力於以美學來提昇社會現實，而不在指責社會上的不公。

耶貢・席勒（Egon Schiele）：
家庭，1918年
Die Familie
畫布、油彩，150 × 160公分
維也納，奧地利畫廊
(Vienna, Österreichische Galerie)

希望 II，1907/08年
Die Hoffnung II
畫布、油彩、黃金，110 × 110公分
紐約，現代藝術博物館收藏，
羅蘭‧羅德夫婦暨海倫‧艾席松基金會及瑟吉‧沙巴斯基
(New York, Collection, The Museum of Modern Art,
Mr. and Mrs. Ronald S. Lauder and Helen Acheson Funds, and Serge Sabarsky)

對頁：
希望 I，1903年
Die Hoffnung I
畫布、油彩，189 × 67公分
渥太華，加拿大國家畫廊
(Ottawa, National Gallery of Canada)

金魚，1901/02年
Goldfische
畫布、油彩，150 × 46公分
索羅托恩，美術館，杜比─米勒基金會
(Solothurn, Kunstmuseum, Dübi-Müller-Stiftung)

水蛇 I，1904–1907年
Wasserschlangen I
水彩、金色顏料、羊皮紙，50 × 20公分
維也納，奧地利畫廊
(Vienna, Österreichische Gallerie)

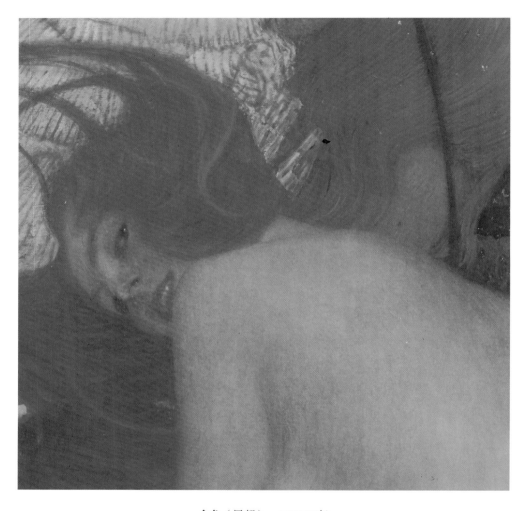

金魚（局部），1901/02年
Goldfische (Detail)
畫布、油彩，150 × 46公分
索羅托恩，美術館，杜比—米勒基金會
(Solothurn, Kunstmuseum, Dübi-Müller-Stiftung)

希望I，（局部），1903年
Die Hoffnung I
畫布、油彩，189 × 67公分
渥太華，加拿大國家畫廊
(Ottawa, National Gallery of Canada)

茱迪絲

克林姆於 1901 年繪製的〈茱迪絲 I〉（第 142 頁），雖然在畫框上清楚刻著「茱迪絲和霍羅夫倫斯」（Judith und Holofernes），很多人卻還是將它解釋成莎樂美（Salome），乃至直稱它為莎樂美。阿雷珊德拉·科米尼分析了這個現象，認為許多人明知實情，還是為這幅作品改名的奇特反應，乃是源於心理壓抑的結果；有人甚至還堅稱，是畫家選錯名了。科米尼提出的理由是，茱迪絲與莎樂美不同，她並非唆使別人，而是親手殺害了她的丈夫。（75）

　　克林姆的作品中並沒有直接描繪任何殺人的行動。傳統描述茱迪絲最重要的特徵是霍羅夫倫斯的首級，但是在這幅畫中他的首級僅局部在邊緣出現。克林姆無意描述這則故事，他只想描繪茱迪絲的肖像。畫中令許多人感到威脅不安的——根據科米尼的說法，也是令許多藝術史學家和藝評家大惑不解的——並非男人首級予人的血腥之感，而在於茱迪絲致命的吸引力，她赤裸裸的呈顯了自己的慾念，在神話外衣的掩飾下，茱迪絲一變而為性慾的寄託物，但這種轉變卻反而不利於她：在這裡顯示的，不是一個女英雌殺了一個無法克制自己慾念的男人，而是一個為自己的情慾所淹沒，危險又不可預測的女人。

　　「這個茱迪絲……是漂亮的高級猶太娼妓……她會吸引所有男人的目光。她纖細、嬌柔，眼眸之中隱藏著熊熊的慾火。她的嘴唇令人難以抗拒……一股神祕、猛烈的力量，在中產階級的道德觀下微微閃爍，一旦著了火，便燃起烈焰，再也無法遏止。而此刻藝術家現身了，將這種女人高貴的服飾剝除掉，使其中一個赤裸裸的展示在我們眼前……這個古代的英雌在我們的眼前出現了，復活而與我們同在……茱迪絲的身體被描繪得無懈可擊，她的體態阿娜剛健，彷彿充滿活力。而這彈指可破的體色，再加上成千上百的亮光溫柔的、嬉戲的略過她的身軀，皮膚晶瑩剔透，像是有燈光從體內照亮，彷彿可以看見她的血液在血管裡流動。這整個不斷起伏脈動的身體，無處不是生氣蓬勃、躍動不已，彷若是被她那閃亮、環繞在頸子處的珠寶給電擊到了。」（76）

　　女性致命的吸引力這一在世紀之交深受喜愛的題材，同時被視為是一種令人恐懼的力量，這反應了當時社會女性角色的改變；這

140

茱迪絲 I（局部），1901年
Judith I
畫布、油彩，84 × 42公分
維也納，奧地利畫廊
(Vienna, Österreichische Galerie)

種變化在克林姆的作品中也觀察得到。許多人提到的政治和社會方面「男性開放的自我之危機」，絕對不只是由質疑男性角色定義的經濟和政治變化所導致的，女性在職業和政治上開始解放的過程帶來的兩性角色變化，也對男性造成了威脅。克林姆從來未曾如許多人所說的，去分析或是描述這種轉變，也沒有透過藝術來追求女性的解放。他將問題美學化，從現實生活中移轉到象徵層面，加以密碼化乃至到使人似乎再也難以辨識。克林姆的女性角色所包藏的象徵性復仇力量（如〈茱迪絲 I〉、〈貝多芬飾帶〉中的「敵對勢力」和〈法學〉中的戈耳工）都是來自威脅男性的，女性社會角色的改變；但另一方面這種性的「發現」，又被克林姆以美學手法加以祓除。社會變革和女性的解放也影響到了道德規範，以及對情色與性的評價和表現方式。在〈茱迪絲 I〉中，克林姆仍然利用神話似的描述隱藏其中的情色意象，但是後來他有的時候乾脆連這一套掩飾都省略了。費利克斯・撒爾藤（Felix Salten）對這幅畫的描述指出，觀者顯然不會將茱迪絲視為歷史畫中的傳說人物，而會將她看作是符合克林姆女性觀的一種女人。倘若沒有了這一層神話的掩飾，它必定會冒犯社會的禁忌。

茱迪絲 I，1901年
Judith I
畫布、油彩，84 × 42公分
維也納，奧地利畫廊
(Vienna, Österreichische Galerie)

茱迪絲 II，1909年
Judith II
畫布、油彩，178 × 46公分
威尼斯，現代藝術畫廊
(Venice, Galleria d'Arte Moderna)

史托克列飾帶

就像在〈吻〉（第117頁）當中的戀人一樣，〈史托克列飾帶〉（第153頁）中的戀人也陶醉在兩人的世界中。只不過如〈貝多芬飾帶〉（第113頁），他們也只是整個飾帶的一部份而已。不同處在於〈史托克列飾帶〉並沒有講述任何情節。在這件馬賽克作品中沒有出現所謂的「敵對勢力」，因此幸福的允諾不受任何威脅，既無特定目標也無時間性；加上缺乏形象之間有何關聯的資料，使得對畫作的詮釋更加困難。在許多作品中──包括他最早期的作品──克林姆慣以空間來製造一種張力，顯示意義以及人物之間的關係。例如在〈貝多芬飾帶〉未經塗飾的灰泥部份。而在〈史托克列飾帶〉中擔負這種功能的，則是那些仍蘊含意義（如生命之樹）的裝飾圖案。只是後者缺乏敘事性，也沒有任何指涉神話或歷史的隱喻。這件以珍貴材料製成的馬賽克，其裝飾功能要遠大於意義的傳遞。

約瑟夫・霍夫曼（Josef Hoffmann）：
史托克列宮的內部景觀，布魯塞爾
Palais Stoclet, Brüssel, Innenansicht
墨水、鉛筆、方格紙，33 × 21公分
維也納，現代美術館
(Vienna, Museum moderner Kunst)

〈史托克列飾帶〉屬於餐室（第150頁）裝飾的一部份，因為含意不明所以具有豐富的詮釋空間。此外，也缺乏當時代可供參考的基本資料，而克林姆本身也鮮少予以置評。他只是簡單的描述畫中的女人是一個「舞者」，因此有人將女人視為是藝術的象徵，而相擁的情侶則代表了愛情。另一種闡釋則以〈期待〉（第152頁）和〈滿足〉（第153頁）的搭配為依據。第三種詮釋方法認為飾帶描繪的是伊甸園。那些鑲入人物的漩渦狀裝飾圖案，令人聯想起生命樹，或基督教說法中的「智慧樹」，因此有一說認為，〈史托克列飾帶〉象徵了「藝術與愛之花園」，「不同的是，飾帶上的園花並不會像史托克列宮的花園般凋萎枯謝。」（77）形成中心軸的漩渦狀樹木的確是這幅畫的主角，而裝飾意味濃厚的彩色形象彷彿是被「編入」這棵樹的裝飾圖案。

藉著在布魯塞爾（Brussels）史托克列宮所作的建築與室內設計，維也納分離派的藝術家終於有機會，不受任何金錢、政治與文化的影響，將「整體藝術」的美夢付諸實現。

荒謬的是，分離派在公開活動和他們的展覽中所標榜的主旨「整體藝術」，卻要在私人的委託贊助下，於遠離維也納的地方才

生命樹（中間部份）
史托克列飾帶圖樣，約 1905/06年
Lebensbaum (mittelerer Teil), Werkvorlage zum
Stoclet-Fries
蛋彩、水彩、金彩、青銅銀、粉筆、鉛筆、不
透明白色塗料、畫紙，195 × 102公分
維也納，奧地利應用美術館
(Vienna, Österreichisches Museum für angewandte
Kunst)

能得到唯一一次實現的機會。我們不清楚史托克列宮的興建工作或
是克林姆製作飾帶時的情況，即連何時設計、何時完工的資料也付
之闕如。在 1905 年，霍夫曼或許完成了建築的初步藍圖，而次年克
林姆或許是第一次親身造訪布魯塞爾。克林姆自己的草圖可能是在
1906/7 年繪成，而飾帶本身則是在 1911 年完成的。（78）

　　在〈史托克列飾帶〉和〈吻〉當中的戀人不管是在創作時間上
或風格上都很接近。但是飾帶中那對戀人的描繪方式裝飾性質卻更
為濃厚。如果不是戀人身上花樣繁複的衣飾，這一對平面性的人物
便會完全融入背景的裝飾圖案之中，而人物與背景之間的差異甚至
也被真實的質材所模糊掉了。不像〈貝多芬飾帶〉中的廉價品，克
林姆此次只利用珍貴的材質，如大理石、銅、黃金、半寶石、上釉
陶器（fayences）和珊瑚等等（79）。因為它的背景和人物所利用的
質材相同，因此兩者幾乎無從分辨，而女舞者彷彿也變成了抽象的
馬賽克。馬賽克本身的平面性也使我們無從辨識畫面的前、後景：
形象是畫底，而畫底也即是形象。唯一讓人物自背景（即生命樹繁
複的圖案）處突顯而出的，是那些裝飾圖案本身。一方面是略黃的
白色大理石和金色的漩渦圖案，另一方面則是人物顏色鮮麗的服
飾。這對情侶只有手和臉仍然是以寫實手法表現，他們的身體卻已
經被幾何性、抽象化的圖案所取代了。

　　這種特色在克林姆同時期的作品中也看得到，例如〈吻〉和繪

史托克列飾帶的圖樣，約 1905/06 年
蛋彩、水彩、金彩、青銅銀、粉筆、鉛筆、不
透明白色塗料、畫紙
a. 生命樹（Lebensbaum）的左方盡頭，197 ×
　 115公分
b. 期待（Die Erwartung），193 × 115公分
c. 生命樹的左邊部份，197 × 105公分

146

d. 生命樹，中間部份，195 × 102公分
e. 生命樹，右方部份，198 × 103公分
f. 生命樹，有灌木的部份，194 × 118公分
g. 生命樹，右方盡頭部份，194 × 120公分
維也納，奧地利應用美術館
(Vienna, Österreichisches Museum für Angewandte Kunst)

於1907年的〈阿德勒・布洛赫─包厄〉肖像（第218頁）。畫中以寫實手法表現的頭部和手──也就是肖像藝術中最為重要，用以代表人物個性的身體部位──自畫面中破繭而出，因此帶有近乎崇拜物的意義。由於這些部位通常為平面性的裝飾圖案分割成塊，或從身體割離出來，更加強了它們的重要性。特別引人注意的是，畫中人物的手部姿勢過於造作，似乎與內容毫無關聯。將〈史托克列飾帶〉中的這個單獨的人物稱為「女舞者」，或許不過是為了嘗試解釋她擺出的這個姿態吧！

飾帶中的三個人物與觀者並沒有任何的交流。稱為〈期待〉（第152頁）的女人所注視的方向，幾乎與作品本身的表面平行。而這對戀人當中的女性更閉起眼睛。男性不僅背向著我們，他的頭部甚至完全深藏在所擁抱的女人身後。因此作品和觀者的交流主要藉助於馬賽克的材質：這精美的材質，高貴的珍品和豪華絢爛的表面，遠比模糊的內含更為扣人心弦。而踏上了這種珍貴舞台的演員，自身也成了物體，成了工藝珍品。將生命凝結為無機物的表現手法，到了這件作品發揮得更為淋漓盡致。為了補償生命轉變為無機物的缺憾，克林姆賦予了這件無機物另一種生命力，以便他們能與觀者溝通──這件馬賽克作品的的確確以近乎一千對的眼睛「注視」著觀者。那些花朵、樹葉般，自樹枝長出的圖案，以及人物的衣飾，都帶著一對對的眼睛。

在較狹窄的牆壁上繪製的部份，是整件飾帶（第151頁）中，最為抽象化的。有趣的是，人們不清楚這到底是抽象的圖案或者代表了人物。這一部份的飾帶多半被形容為是一個純粹抽象的平面圖樣，只具有裝飾的意義罷了。從藝術史的角度來看，霍夫曼在貝多芬展覽時，展示在走廊上的抽象浮雕，正足以與這一部份相互輝映。這一部份位在房間牆壁盡頭的凹處，因而特別醒目而成了整件飾帶的中心；因此認為這一窄細的馬賽克只具有裝飾功能，與整件飾帶無關的說法，令我個人難以信服。我的看法和某些人士相同，認為這部份的馬賽克構成了人物的形象。這個位於最上方中間，有條黑色橫線和兩條直線的方形，應該可以解釋成是人的臉部，而平行、細長的圖案，也可以視作是衣飾或是穿了衣服的人體了。

這種賦予無生命物體生機的表達方式，在建築與工藝上是相當常見的。十九世紀時，物質的人性化，或給予物體以人性的特質，都被視為是一種在精神上據有它們的手段。這同時也意味著對物質的控制，使人類的想像力、創造力和創新的精神滲透進入物質之中。由於機械化、工業化生產，而喪失了與人類技巧及創意關聯的成品，運用這種方式，可以重新獲得人文的氣息。這也幫助我們了解，為什麼很多日常用品會被飾以與功能無涉的人物形像，或者物體本身便被做成了人的樣子。大約在1900年，這種模仿人形的風潮便受到了阿朵夫・洛斯等人嚴厲的抨擊。然而這種抨擊依舊無法化解當時人懼怕被機械大量製造的成品吞噬的恐慌。克林姆在〈史托克列飾帶〉中，彷彿已經向物質世界繳械投降了。他不但沒有嘗試將物質世界人性化，還反將人類抽象化與物質化。在牆壁盡頭的馬賽克面容，或許可以視為是一個逐漸消失的人類殘存的影像，或者是畫家對人類有滅絕之憂的一種反應。

如果我們真能將牆壁盡頭的馬賽克解釋為人物的話，那麼在文化史和藝術史上，這便是一種令人佩服的預警，暗示了現代藝術對人物描繪的困境。十九世紀末期藝術史和應用藝術的理論，已經為後來掙脫以寫實技法描繪現實的創舉鋪了路。由於揚棄了歷史主義藝術所有的一切風格與其理論，因而形成了一種對藝術創作與藝術作品的全新觀念。視藝術為自主的想法，導致了藝術所有的功能都遭到質疑，最後，藝術品也被定義成只是「物體以色彩和造型在平面與空間中的再現。」（80）由是也造成了藝術家和藝術創作角色的轉變。一旦否定藝術內容與功能上的任何意義，那麼藝術的創作就會成為一種沒有依循對象，自無生有的「新生」。這一點恰與十九世紀風格與內容的「再生」相反。一旦否認藝術再現物像的功能，藝術創作便會獲得大自然所擁有的創造權力：「人類的手一如大自然的造物法則，能以沒有生命的材料創造自己的作品。一切的藝術

創作基本上不過也就是與大自然的創作競賽。」（81）捨棄對物像的模擬推衍到了極致，就是讓有機自然結晶構造在藝術品中再現，而與任何一種物體卻再也沒有任何外表上的關聯了。正是這個原因，應用藝術（和建築）以及抽象化的裝飾圖案，才會在1900年左右維也納現代主義運動中成為主要角色。

這件馬賽克作品，除了是一種形式上全新的表現方式，檢視維也納現代主義中，工藝運動的基礎理論之外，或許還兼具其他含意。位於中央，崁入金色背景中，上有「頭」的彩色長方形是由三條長方形的塊面組成的。細長方形格子與圓形的圖案，與在〈吻〉之中象徵性別差異的圖紋正相類似。在〈吻〉之中，兩性差異以及情色歡愉的允諾，乃由上述裝飾圖案來展現。到了〈史托克列飾帶〉的馬賽克「圖畫」中，兩性差異以及他們逐漸接近的趨勢更發展到了極致，融而為一，差別不再。然而，若欲實現兩性和諧、原始，處於無機自然狀態的烏托邦，卻必須付出極大的代價：人物凍結為礦物般無機性的晶體，僅存留裝飾性的抽象圖案來暗喻兩性之間的情色張力。

約瑟夫・霍夫曼（Josef Hoffmann）：
史托克列宮，布魯塞爾
Palais Stoclet, Brüssel
由克林姆設計的用餐室馬賽克裝飾， 1905–1911年

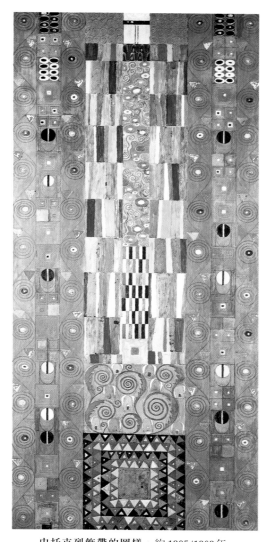

史托克列飾帶的圖樣，約 1905/1909年
Pattern for the »Stoclet-Fries«
窄牆
維也納，奧地利應用美術館
(Vienna, Österreichisches Museum
für Angewandte Kunst)

期待，史托克列飾帶的圖樣，約 1905/1909 年
»Die Erwartung«, pattern for the »Stoclet-Fries«
維也納，奧地利應用美術館
(Vienna, Österreichisches Museum für Angewandte Kunst)

滿足，史托克列飾帶的圖樣，約 1905/1909 年
»Die Erfüllung«, pattern for the »Stoclet-Fries«
維也納，奧地利應用美術館
(Vienna, Österreichisches Museum für Angewandte Kunst)

分離派的決裂——1908年的藝術展

1904年，分離派分裂成為兩個陣營，原因可能有二：一是組織內部的糾紛，另一則是奧地利政府中止了對分離派慷慨的支持。克林姆頗受爭議的〈學系繪畫〉曾在公眾之間引起強烈的反彈，所以當分離派提出1904年在聖路易斯舉辦的世界博覽會奧地利館的策劃案時，為教育部所拒。尤其預定展出兩幅克林姆的〈學系繪畫〉草稿，甚至僅展出克林姆作品的構想（82），更使教育部難以接受。藝術在問題重重的政治和經濟環境中本應扮演調停人的角色，這一美夢現在卻為藝術政策本身的爭議而破滅了。

在此同時，分離派中「風格派」與「寫實派」間的敵意也逐漸醞釀成形，克林姆屬於前一陣營。但是當時的評論卻顯示，兩造間的決裂並非完全緣於他們在美學上的爭議。事實上，當時的評論家也找不到適當的辭彙描述不同派別間，風格與觀念的差異。分離派含括了相當廣闊的藝術表現風格，因此很難純以美學特色作為分水嶺。以風格派、寫實派或是印象派等等來形容不同的派系，只不過是忽略了分裂的真正原因罷了。在一些詳盡的報導中顯示，兩派之間的分裂並不是緣於美學上或者藝術上的爭議，他們的衝突可以追溯到分離派原來的基本意識形態，也即是視自己為具有特別使命的公眾藝術家這一出發點。

約瑟夫・奧古斯特・盧克斯（Joseph August Lux）的說法可能較接近事情的真相。他不僅探討了分離派的藝術衝突，也批評了分離派在社會政治上所扮演的角色——而這也一直是外人所質疑的。「當初創建這個組織，目標並不在如同其他團體般，單純的經營展覽而已，而是希望能夠從事文化工作，讓藝術家再度有權利參與解決時代問題的重責大任，使藝術得以發揮教化功用。」盧克斯說，這種目標當時尚未完成：「應用藝術的定義以及它在時代中的角色，在藝術領域中都還懸而未決。而在建築、城市規劃、如何以藝術美化城市、如何以歷史性紀念碑、噴水池、節慶裝飾達成紀念功能、大小雕像的特色和應用、造園藝術和版畫藝術在現代生活的目標等等問題也都同樣有待解決。如果藝術要證明它有權全面涉入生

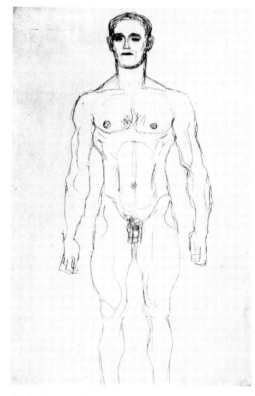

運動員的正面像，1917/18年
Athlet von vorne
鉛筆，56 × 37公分
維也納，歷史博物館
(Vienna, Historisches Museum)

愛彌兒・霍普（Emil Hoppe）：
為維也納「藝術展」中設計館所設計的展廳，
1908年
鉛筆、彩色鉛筆筆、墨水、鋼筆、粉彩與膠彩，31 × 25公分
私人收藏

活的各個角落，並且擁有創造價值觀的能力，首要條件便是解決這些問題。」（83）

　　單以一句話，盧克斯便精闢的點出了分離派的目標，亦即「藝術涉入生活各個角落的權利」。盧克斯沒有懷疑這一目標的意義，但他指出，這一目標分離派尚未達成。但是當時在分離派中一定有一派針對這一目標提出質疑，而追求一種與生活問題無關，獨立自主的藝術。這樣的危機早已見端倪。1903年《聖春》停刊了，根據他們的說法是，該刊已經完成了宣傳分離派藝術以及藝術理念的使命。在1903/04年，有四位成員脫離組織他去。1903年霍夫曼、摩瑟和銀行家兼蒐藏家弗里茨・韋恩朵夫（Fritz Wärndorfer）建立維也納工作坊的同時，分離派中中已可見到自主趨勢、藝術及目標上的分歧與分化，而他們的重點便是重視實用性以及經濟上可以獲利的藝術形式（如應用藝術）。分離派當初退出公會的主要理由之一，即是這種趨勢，如今維也納工作坊成立（84），可視為是分離派邁向商業化的一步，在分離派中想必引燃了許多抗爭。

　　向藝術市場靠攏，以及藝術的商業化所導致的星星之火，如今一發不可收拾。1905年分離派決裂，1906年奧地利藝術家聯盟（Österreichischer Künstlerbund）成立，創始成員包括奧圖・華格納、羅勒（宮廷劇院舞台設計師兼應用美術學校的校長）、法蘭茲・梅茲納（Franz Metzner）、霍夫曼、馬克斯・庫澤威爾和卡爾・莫爾。事實上，分裂的具體理由在於，莫爾與藝術市場——密特克畫廊（Galerie Miethke）的密切合作。這種對「自藝術家之屋分裂而出時，不滿藝術與商業二者間無法控制的勾結」所懷的憂慮終於促成了最後的決裂。（85）

　　在致教育部長的一封信中，他們解釋了自己的決定和理由：「我們，如下面所署名者，謹在此宣佈脫離奧地利美術家協會（分離派）。有感於您對協會的大力支持……我們深感有義務將此行動背後的原因告知。我們覺得，面對社會上觀念的重大變革，藝術家不應該僅以暫時性的展覽自限，而應拓展影響力到現代生活更多的層面之上，充分利用每一機會，拓寬藝術生活的領域到極致。使越來越多的民眾了解，最為豐富的生活，藝術可使它更為豐富；而在最為匱乏的生活之中，也必有空間可容納藝術。但是在協會之內，我們的目標遭到大多數人的誤解與反抗，在協會的重重限制下，甚至欲求嘗試而不可得。尤有甚者，協會內大多數的成員對我們誠摯的心意抱存懷疑，不予支持，退出實乃不得不然。」（86）

　　1908年的「藝術展」是新的藝術家組織事業的最高潮，現在他們多半被簡稱為「克林姆組」（Klimt Group）。可以輕易看出的是，「藝術展」的目的在復興與強化分離派原有的主張，加以實現。這

個展覽界面遠較分離派的展覽更為廣泛，不再是單獨、自足的展覽，也不再擬造一種為了崇拜藝術而建構的私密空間；而意欲在展場上呈現具體而微的城市縮影。在霍夫曼的設計下，整個安排包括了林林總總型態不同的展覽，以及許多專為展覽製作，之後便即拆除的建築物。這群藝術家在此展現了比分離派的展覽更為清楚的目標——以藝術體現「生活的各層面」，甚至可說，這一展覽本身便可視為具體而微的「城市整體」與其社會生活的投影。事實上，這場藝術展的理念與協辦的維也納工作坊相當，因為二者的運作模式都建立在藝術家以平等地位共同合作的方法上。

　　另外值得一提的是，「藝術展」也標舉了和分離派一樣的宗旨（這句標語裝飾在分離派會館的入口處）：「賦予我們的時代自己的藝術，予藝術自身的自由。」但是這次展覽不僅只開放給維也納工作坊和應用美術學校，同時也接納所有新興的藝術潮流。除了「風格主義者」之外，連藝術家耶貢・席勒和奧斯卡・柯克西卡（Oskar Kokoschka）也都參與了。這兩人，後者連向來撰文大力支持分離派的黑維希都稱他是「頂級野人」。由於這些人的緣故，使得這一自分離派分裂而出的團體再度在公眾間引起了軒然大波。他們也是維也納現代藝術新一代的前導，這些人近於表現主義的手法與風格派美學表現的諧和截然不同。

　　盧克斯寫道：「『藝術展』要像個『生活之屋』，甚而像個藝術家心目中，生活純然的鏡中影像，成為一座包納萬有的世界之屋抑或世界的投射。一年三百六十五天，無論是日常瑣事與日常藝術、宗教與世俗節慶時的盛典，以及欣賞意義較宗教更為深遠的精緻藝術的一刻；是喜悅之手擷取成果的工作之日，乃至孩提時代以及潛意識蒙昧不明中，由直覺引領的藝術之誕生等等都包含在這座屋宇中。捕捉這個透過藝術美化的生活，以此豐富我們新的性靈寶藏，於我們只會有益無損。」（87）

　　1908年藝術展複雜的室內設計，仍然反映了分離派藝術家「貴族菁英主義」的氣質，表現了藝術捕捉、形塑以及改善生活每一面向的宗旨。「藝術展」所涵括的不僅只有重要的現代廣告形式——海報，而且還特別為應用藝術學校的老師法蘭茲・基瑟克（Franz Cizek）闢出一間展覽廳；他致力推動兒童藝術。而霍夫曼展出的「小鄉村別墅」則是一所佈置完善的住宅。在這一應有盡有的展覽之中，甚至連墓地、花園以及劇院都一應概全。展場上，所有私人和公共的建築物都匯集在一塊，公共場合也都轉變成田園詩般親密舒適的私人避風港。寬敞的「生活之屋」內涵蓋由霍夫曼所設計的廉價住宅，附設有花園。此外，托兒所、餐廳、海報展覽廳（為此他們封鎖了大眾交通）、一處花園劇場、一座專為展出用的教堂和

維也納工作坊，明信片，1909年
Wiener Werkstätte
石版印刷

157

墓園等一應俱全。孩童、老人，尋求安慰的或尋求快樂的人，在這裡他們的美學需求都可以獲得滿足；一切生活上、文化上與藝術有關的在這裡都應有盡有，聽任參觀者選擇。工作與休閒之間、專業與半吊子之間的差異都消融了，連業餘人士在這個文化天堂裡都有機會發揮，例如阿朵夫‧洛斯就展出了女子繪畫班的作品。」（88）

據當時藝術評論的說法，這一「藝術展」已成了克林姆的「錦衣」。在教堂和墓園之間的展覽廳，一共展出了克林姆的16幅作品，而這一次的展覽，也由他主持。這一次的開幕詞是克林姆少數存留至今的公開演說，可幫助我們了解克林姆與其同儕的志向，因而在此我們要引述全文。

「各位女士，各位先生，過去的四年中，我們沒有機會在展覽中呈現我們的作品。

大家都知道，我們並不認為展覽是建立藝術家和公眾之間的關係的理想方式；為了這個目的，透過大型的公共藝術計畫，或許更為合適。但是既然公眾生活主要著眼在經濟和政治上，展覽因而成了我們唯一的選擇，我們本應感謝所有公家與私人的支持，使我們得以籌辦這一次的展覽，以讓各位得知，在沒有展覽的時日裡，我們未曾荒怠，甚且因為少了展覽的壓力，我們更能全神貫注，進一步發展我們的藝術。

我們不是什麼合作社、什麼組織或是公會，只是為了舉辦這個展覽會而暫時合作，將我們連結在一起的是一個共同的信念，我們相信，人生即使在最微不足道之處，都還有可供藝術發揮的空間。就像摩里斯（Morris）所說的，只要做得盡善盡美，即使是最不起眼的小事，也能增添地球的一分美。唯有當藝術滲透到生活的每個角落時，文化才會有進步。

所以這個展覽並非為了彰顯藝術家一生努力的最終成果，而是要展現奧地利藝壇的各種力量，為我們國家的的文化現況提供一份翔實的紀錄。

正如我們對「藝術作品」的定義般，我們對「藝術家」一詞的了解也同樣廣泛。藝術家指的不僅是創作者，凡有能力體驗並理解作品的欣賞者也莫不是藝術家。對我們而言，「藝術家共同體」是一個由創作者與欣賞者共同組成的，這一建築，以及今日這一展覽的開幕，便證明了這種「藝術家共同體」是真實存在的，而它的朝氣、活力和純潔的思想也使得這一共同體更為壯大。我們的對手宣稱這是現代藝術運動之死，企圖攻擊我們，結果必然無濟於事，因為他們攻擊的正是創新與成長，也就是生命本身。在為這項展覽做了這麼久的共同準備之後，我們將各奔前程。但是或許在不久的將來，我們會以其他不同的組合，舉辦不同的活動。然而，不管情況

貝拓德・羅夫勒（Bertold Löffler）：
為維也納「藝術展」所作的海報，1908年
石版印刷，68 × 96公分
紐約，私人收藏，
白利・富禮德曼企業（Barry Friedman Ltd., New York）允許使用

耶貢・席勒（Egon Schiele）
1890–1918年

奧斯卡・柯克西卡（Oskar Kokoschka）
1886–1980年

如何，我們仍會互信互賴。在此，我要真誠的感謝為這次的展覽付出心力的人，感謝他們勤奮、犧牲以及忠誠的協助。我也同樣要感謝所有的支持者與贊助者，沒有他們，這個展覽便無法呈現在大家的面前。現在，我謹宣佈維也納1908年藝術展正式開始，歡迎各位仔細參觀我們的展覽。」（89）

　　在這場演說中所提出的主張，在實質上與分離派或是維也納工作坊的並無二致。克林姆所提的觀念：藝術生產合作社，以及跨越不同藝術領域，包攝一切的「美」（這意味著藝術和工藝，美術和建築都可以相提並論），生活的美學化等倫理與政治的觀點也都是老生常談。而後一看法雖然並未直接點明，依然包含了美學菁英主義的意味，畢竟，克林姆和維也納工作坊這些人的作品，只有富貴之家才負擔得起；而且這些作品的「美學密碼」，也僅有少數積極參與藝事的大資產階級知識份子方能解讀。

　　克林姆在他演說中雖然並未明言，但他們對生活改革的主張建立在對哈布斯堡王朝晚期政策的認同之上；而一再被提及的創造「奧地利之美」的說法也使得分離派獲得政府的支持與贊助——雖然只維持了幾年。反過來看，分離派的部份成員也認同了蘊含愛國思想的觀念，立志要將哈布斯堡王朝統治下的社會現實以「奧地利之美」加以包裝。他們接受了各種公家的委託案，委託項目涵蓋各種領域的藝術設計，從郵票到電車（例如華格納的環城電車），從展覽的建築物到紀念性的繪畫，從海報到各式珍貴的工藝品，從皇

家禮品到各類圖書插畫等等。「藝術展」舉辦的時間恰與約瑟夫二世的登基紀念同一年，環城道路上為此還舉辦了花車遊行。克林姆將「藝術展」描述成「展現奧地利藝壇的各種力量」，「我們國家文化現況的一份翔實紀錄」，並非事出偶然。當時哈布斯堡王朝正陷於重大危機之中，這些大規模的慶典正可借助文化的力量，凸顯大眾對君主與帝國的忠誠。這種借用文化，經由對君主個人的效忠來強調帝國的整體不可分性的努力，或許離分離派的初衷不遠吧！多年之後，羅伯特‧穆西爾（Robert Musil）以諷刺的筆法在《沒有特質的男人》（The Man without Properties）中，也描寫了類似的狀況──尋找適當的形式、國王，以便歌頌王朝制度。隨著「奧地利工場聯合會」（Österreichischer Werkbund）的成立，及勢力日增的「鄉土風格」（Heimatstil），這種愛國主義很快便轉而成為藝術上的教條。一直到第一次世界大戰期間，這種教條還為藝術家謳歌戰爭的行為提供了藉口。

但是克林姆的演說中所說的，藝術代表「生活進步」，與愛國主義藝術的需求並非全然契合。克林姆慷慨陳詞，意味著歐洲現代主義所要求的，即是在不斷進步發展中自我反省，在這個前提之下，僅能以剔除舊有的來界定新興的，以是舊有的便成了「前現代」。「克林姆組」與分離派二者並沒有將他們的藝術視為是唯一正宗、毋須再發展的藝術。他們將表現主義式的藝術納入展覽當中，正展現了他們藝術觀念的包容力和廣闊的胸襟。這一群藝術家以「生活進步」的代表自居，此種說法無疑的也透顯出克林姆個人至關重要的藝術理念：深植在世紀末的「歷史哲學」，以歷史發展有如自然般循環往復；此種史觀在此可以窺見，在克林姆的許多作品中也傳達了出來。

約瑟夫・霍夫曼（Josef Hoffmann）：
茶組，在茶壺保溫器之上的俄式茶炊，茶壺，糖罐碗和奶壺，1903年
鍛銀、珊瑚、木材、皮革，俄式茶炊高27公分
維也納，奧地利應用美術館
(Vienna, Österreichisches Museum für Angewandte Kunst)

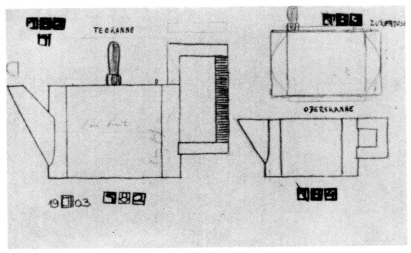

約瑟夫・霍夫曼（Josef Hoffmann）：
為茶組所作的設計圖，1903年
鉛筆、炭筆，21 × 34公分
維也納，奧地利應用美術館
(Vienna, Österreichisches Museum für Angewandte Kunst)

科羅曼・摩瑟（Koloman Moser）：
「棕櫚葉」（Palmblatt），布面圖案設計（局部），1899年
布，40 × 31公分
維也納，奧地利應用美術館
(Vienna, Österreichisches Museum für Angewandte Kunst)

羅伯特・奧爾雷（Robert Örley）：
「宇宙霧」（Kosmischer Nebel），布面圖案設計（局部），1900年
布，127 × 97公分
維也納，奧地利應用美術館
(Vienna, Österreichisches Museum für Angewandte Kunst)

科羅曼・摩瑟（Koloman Moser）：
「菇」（Pilze），布面圖案設計（局部），1900年
布，112 × 91公分
維也納，奧地利應用美術館
(Vienna, Österreichisches Museum für Angewandte Kunst)

科羅曼・摩瑟（Koloman Moser）：
「罌粟花」（Klatschmohn），布面圖案設計（局部），1900年
布，130 × 124公分
維也納，奧地利應用美術館
(Vienna, Österreichisches Museum für Angewandte Kunst)

奧斯卡・柯克西卡（Oskar Kokoschka）：
情侶與貓，1917年
Liebespaar mit Katze
畫布、油彩，94 × 131公分
蘇黎世，蘇黎世藝術陳列室
(Zurich, Kunsthaus Zürich)

對頁：
耶貢・席勒（Egon Schiele）：
坐著的情侶，1915年
Sitzendes Paar
鉛筆、膠彩，53 × 41公分
維也納，阿伯汀納版畫收藏館
(Vienna, Albertina)

「我不是個特別有意思的人」

一般人對知名藝術家難免會有好奇心。但是，在此讀者恐怕會大失所望。有關克林姆的傳說雖然多彩多姿，但是可資查證的卻寥寥可數。克林姆很少談論他個人或是他的作品，在「藝術展」的開幕演說中，克林姆並未表達任何特定的政治或文化政治立場；而由他的其他言論中，也根本看不出，克林姆是否懷有一種經過深思熟慮後的（文化）政治立場，有的話，或許僅是一種隱約、粗略的自由派觀點，追求藝術與藝術家的自主，以及一種無限制的自由。

我們對克林姆的認識，在最好的情況下，也不過是依據二手新聞，自這些幽微、神祕的影射，或是崇拜與將他美化的言論之中，很難洞悉真相；即使是對他個人的外表或是日常習慣的細節敘述，也令人真假難辨。「他短小精幹，略胖，壯如運動員，希望有一天能夠和荷德勒（Hodler）摔角；他總是興高采烈、性格粗魯豪爽；皮膚黝黑如水手，顴骨突出，眼睛小而靈活。可能是為了讓臉型顯得較為修長，所以他把太陽穴兩旁的頭髮弄得太高了些，而這也是唯一暗示他這個人從事藝術的特徵。他嗓門很大，鄉音濃重，以譏諷別人為樂。」（90）

在一些描述克林姆生活的著作中，多半描述他「沈默寡言」。「他忙碌的日子總是隱藏在平庸的生活方式的表像之下。克林姆的生活習慣極度規律而保守，以至於任何細微的變動都會引起他強烈的反感。造訪近處對他來說就是一件大事，而要他出遠門，除非連雞毛蒜皮的小事都幫他打點，他才願意。連和工作有關的事他都寧願交由別人處理……他的笨拙，幾近缺乏生活能力，在他的言行舉止中也都表現出來。與熟識的人在一起時，他通常會表現得較不受拘束，像個孩子似的興高采烈。而在其他場合，他通常相當沈默，似乎不太注意談話的內容，但是在眾人高談闊論之際，他卻會突然間插入幾個不中聽的字眼，說中要害；這種展現在別人面前的魯莽模樣正是他個人偽裝的一部份。」（91）

值得玩味的是，克林姆本人對自己也興趣缺缺。除了一小張諷刺漫畫，和一些據說可能是自畫像的個別素描或畫作如〈吻〉（第117頁）之外，克林姆並未有任何其他自畫像。這一點，克林姆也親

克林姆的護照
維也納，阿伯汀納版畫收藏館
(Vienna, Albertina)

古斯塔夫・克林姆的照片
維也納，阿伯汀納版畫收藏館
(Vienna, Albertina)

口清楚的表明了：「我沒有任何一張自畫像。我一丁點也不想使自己成為畫中的題材，我寧可畫別人，尤其是女人，更喜歡的則是畫其他奇妙的現象……我深信，我並不是個特別有意思的人。」（92）

任何他的展覽或是繪畫事業及各類文化活動所帶來的社交應酬，都令他厭煩不已。每當出遠門時，他總是極度念家，並疑神疑鬼，擔憂自己的健康狀況。這些活動，尤其是他在畫室的生活，克林姆都與他的家庭生活劃分得一清二楚。他的妹妹後來寫道：「他真正的家並非那間位於西辛格（Hietzing）村小巷裡的知名畫室。跟所有的藝術家一樣，他也需要溫暖和照顧。他並不合群，慣於離群索居，身為他的兄弟姊妹，我們的義務就是為他解決日常生活的一切事宜。他每天晚上回家，默默的用餐，然後早早就上床睡覺。我們了解他沈默的原因，是因為在經過和外在世界爭鬥之後，渴望休息。一旦他重新匯聚了力量，總是又義無反顧的投入他的工作。我們總是擔心，他天才的烈焰會將他一舉吞噬……」（93）

克林姆死後，基於對他的敬意，眾人對他個性的描述仍舊相當

克林姆在他工作坊外面的花園
維也納，阿伯汀納版畫收藏館
(Vienna, Albertina)

保留。如漢斯・帝則（Hans Tietze）所寫的：「他是個真真實實的人！克林姆過世了，對不熟悉他的人而言，他只是個簡樸而又普通的人物；但是對於熟知他的人來說，卻是個謎般的人物，有如一口深井，看得越仔細，就變得越深沈、黑暗、更為神祕。在表面上，克林姆的生活和個性看起來相當粗俗；但是他卻捍衛著內在那些餵養他那既迷人又令人恐懼的藝術的心靈，將他最深沈的祕密帶進墳墓裡去了。外在環境將克林姆推到維也納藝壇最為喧囂之處，但他其實是個害羞的人，最怕在公眾場合露臉。克林姆總是極力避免談論自己或者自己的想法，而當他必須寫信時，他那在畫紙前的生花妙筆立即成了千斤鼎，難以舉提。即使是他自己的朋友，克林姆也不讓他們窺視他所砌築的圍牆內的景象，因此經由這些人的描述，我們對他的了解也是支零破碎的。」

帝則同時指出，克林姆的母親和他一個妹妹也患有精神病，這也帶給了他極大的壓力：「因此他的心理自小就受到創傷，他的生活能力也因而癱瘓了⋯⋯」（94）

克林姆和艾米麗，兩個人都穿上了畫家工作袍
維也納，奧地利國家圖書館圖片收藏室
(Vienna, Bildarchiv der österreichischen National-
bibliothek)

在談到克林姆的生平時，最為大家津津樂道的是他和艾米麗‧
福勒格（Emilie Flöge）的關係。數年前，也舉辦了一場關於這個題
目的展覽並出版了一本相關書籍。克林姆與他生活伴侶的關係自然
頗引人注目，據謠傳，他對女人的興趣是非常「土耳其式」的。

1891年克林姆的弟弟恩斯特和海倫妮‧福勒格小姐結婚，這段
婚姻只維持了15個月，但是對克林姆的生活和事業卻起了決定性的
影響。經過海倫妮的介紹，克林姆認識了她的姊姊艾米麗，姊妹倆
自1904年起就開始經營一家高級服裝店。在環城道路的大型裝飾委
託案日漸減少之際，這使克林姆有機會打進「維也納的上流社
會」，克林姆的畫家朋友莫爾還將他介紹給他朋友古斯塔夫‧馬勒
（Gustav Mahler）與他的圈中人。艾米麗對他間接的贊助、對他藝術
工作的關懷，以及她以一介女子闖出的事業等，也未能避免後來別
人以刻板印象將他們兩人的關係曲解為：艾米麗成了藝術家的「繆
斯」，完全臣服在藝術家的天才之下，犧牲奉獻。尼貝黑對兩人未

曾結婚的事實提出了他的看法：「這個女人將她的生活奉獻給這個偉大的男人，而且從未阻礙這個男人的事業，令我們對她益發尊重。考慮到當時世人對這種情侶關係的偏見，甚至會致使所有的人與當事人斷絕往來，就不難理解，她的處境究竟有多艱難。」（95）

克林姆與艾米麗的關係詳情，幾乎完全僅能經由他們倆的通信內容得知，而這些信件也只有部份留存下來。克林姆厭惡寫信的特點，或許可以讓給我們知道他真實個性的一面。他們通信頻繁，有時克林姆甚至在一天之中狂熱的寫下了好幾封、好幾張（最多時高達八張）的明信片或留言，這可以顯示這份關係對他的重要性。即使在他臨終之際，他還寫了：「我要艾米麗過來」的字條。

克林姆所寫的內容大抵短得可笑，而且是以電報形式書寫的，缺乏任何情感與對兩人關係的暗示，有的時候連開頭的稱呼都省略了，而在結語問候時也寫得像是一般制式的說法。由此可推知，克林姆可能畏懼親密關係，也害怕情感的表現。艾米麗在經濟上獨立，克林姆不須負擔她財物方面的問題，這一點可能正中他的下懷。而對這種關係疏淡的表現，必然也引起揣想，以為他是個花花公子。但是當我們檢視這一類的故事時，唯一確定的只是，克林姆三個非婚生子女中，一個由瑪麗亞・烏基茲基（Maria Ucicky）所生，其他兩個是瑪莉・齊默曼（Marie Zimmermann）所出。這項事實的確使克林姆的上述封號增色不少，但也降低了艾米麗在克林姆傳記家心中的重要性。

當時的社會對藝術家總是很寬宏大量，但女人卻必須承擔這種未婚關係所帶來的後果。據克林姆傳記作者的說法，他性方面的隨便卻使得一般民眾對他益發推崇，而艾米麗則只因為她的「慷慨」而為人所稱道。畢竟，「真正的藝術家僅為他的作品而活……而克林姆的創作速度相當緩慢……因此他需要這短暫燃燒的激情，來紓緩身心。我們大家都知道，他通常會中斷正在創作的肖像畫，然後走到隔壁房間去，那裡總有個隨時等候他的模特兒。克林姆畫畫她的素描，只為了讓他因為作畫而疲累的雙手得以鬆弛一下。為了創作，他必須要捍衛個人的自由。」（96）

在發現瑪莉・齊默曼為克林姆生了兩個孩子時，這些傳記作家便不得不把描述艾米麗的說法「不可動搖的關懷和無止盡的溫暖」也用以推崇齊默曼：「克林姆是個體貼、忠誠的愛人，我們敬佩艾米麗對克林姆易逝的激情所持的態度，現在我們有充分理由將這股敬意延伸到齊默曼女士的身上。因為偉大的愛，使得為克林姆生下了兩個孩子的她，仍然能夠容忍克林姆其他的女人。」（97）

風景畫

克林姆作品中風景畫作極為豐富，幾乎佔了他油畫作品的四分之一，然而在素描之中卻幾乎沒有這種題材，這主要是他個人作畫的方式所導致的。有的時候克林姆會等回到維也納的畫室後才續成，或以相片作為參考，但通常他習慣在戶外創作風景畫，而當時使用的素描簿，大部分都已經佚失了。顯而易見的是，在其他的作品中，尤其是象徵畫裡，風景成份幾乎不見蹤跡；相對的在他的風景畫內，也缺乏敘述內容與人物。諾維特尼以「情景畫」、「觀賞畫」形容這些作品。克林姆大部分的風景畫使用正方形的規格，作品因而予人安寧之感。這種安寧的氣氛幾乎完全不受任何活動或動力所干擾，而「印象派式」的朦朧光線（例如在他的湖景中）越發加強了這種安詳的感覺。在克林姆的風景畫中，這種缺乏動力和動作的特質，使它們呈現出一種不受時間限制之感。

有許多人強調，克林姆的風景畫與其他的象徵畫作，同具象徵寓意。「精緻化」是克林姆風景畫中最明顯的特徵；他不描繪事務的原始面貌，既不畫人物本然的感性，也不畫大自然的純然狀態。他早期的風景畫散發出一股陰鬱的氣氛，瘦骨嶙峋的樹象徵了男性高貴的寂寞，陰暗的沼澤和池塘則代表了萬物的倏忽易逝，但是卻也散發出深奧之物無可抗拒的魅惑。像這樣憂鬱、避世的景致，為人提供了一種莊嚴的與世隔絕之感。到了二十世紀初，這種沈鬱的疏離感已經逐漸消失了……花園、花朵和果實豐饒之美，在克林姆的「馬賽克式的畫法」下，益發顯得花團錦簇，有如披上禮服；彷若違背了自然法則，醞釀了一種不朽與永恆的氛圍。密實的筆劃，使得空間的不同區域融合成一面浮動的色彩簾幕，這種無法看透的感覺……彷如在撒以斯（Sais）為紗巾遮掩住的作品，緊緊捉住我們的目光。遠方融於近處，近處卻無路迫近，仍然保持距離。（98）

使克林姆將興趣移轉到風景畫中的另一個原因是，從1900年起，他就經常和福勒格的家人到阿特湖畔避暑。1903年，克林姆在寫給齊默曼的信中，描述了他的日常作息，由此可以看出別人何以會以「質樸、庸俗」來形容他：「你想要知道我在這裡的生活狀

阿特湖邊，麥森巴赫的林務局，1912年
Forsthaus in Weißenbach am Attersee
畫布、油彩，110 × 110公分
私人收藏

阿特湖畔下阿赫的房屋，約1916年
Häuser in Unterach am Attersee
畫布、油彩，110 × 110公分
維也納，奧地利畫廊
(Vienna, Österreichische Galerie)

173

阿特湖畔下阿赫的教堂，1916年
Kirche in Unterach am Attersee
畫布、油彩，110 × 110公分
格拉茲，私人收藏

況？其實簡單而很有規律。凌晨六點——有的時候早一點，有的時
候晚一點——如果天氣不錯，我就到附近的森林，畫畫夾長了杉樹
的山毛櫸林，一直畫到八點鐘。之後去吃早餐，再來到湖中游泳；
我當然會很小心。接著再畫一點東西。如果天氣晴朗，就畫畫湖；
如果是陰雨天，就畫畫我窗外的景致。有的時候，我上午根本不動
筆，只是在戶外研讀一些日本書籍——這樣就到了中午。吃過飯後
我會打個盹兒，或是看本書，直看到下午吃點心的時候。而之前或
之後，我通常會再去游一次泳，不過不是每天都去。吃過點心後我
又開始做畫了，譬如雷雨迫近的黃昏中一株大白楊木。偶而我也不
畫畫，而和一些朋友到鄰近的村莊中去打打保齡球；這樣就到了傍
晚，吃完飯，早早上床，隔天再早早起床。有的時候這種作息，會
因為我做了一些划船運動以便放鬆肌肉而改變……這裡的天氣非常
多變，不怎麼熱，常常下雨，幸虧我有萬全的準備，不會妨礙我的
工作。」（99）

　　除了對風景畫的象徵意含及他那平凡的個人理由之外，對於克
林姆在1900年左右，轉向風景畫，特別是「情景畫」，約翰尼斯‧
杜拜（Johannes Dobai）另外提出的一種動機是：分離派誕生之初在
藝術政策方面的爭議，以及克林姆〈學系繪畫〉所引發的衝突。風

加爾達湖畔的馬徹辛納，1913年
Malcesine am Gardasee
畫布、油彩，110 × 110公分
1945年在印門朵夫宮（Schloß Immendorf）焚毀

景畫反映出來的，是一種不受任何意識型態影響，個人的私密空間
與「內斂性」（100）。「所有風景畫的共通點在於它們所散發的冥
思寧靜的氣氛……隨著時間的推移，眼前展開了靜謐、緩慢、持之
以恆，而獨立於人類之外的生命，不斷成長」（101），足以使觀者
沉醉在一種幽微的自然描繪裡。這裡幾乎沒有任何大起大落或騷動
的成份，無論取景、光線、構圖，以及克林姆慣用的正方形規格，
都以幽微的氣氛，深深的蠱惑了觀者的心。為了製造出這種氛圍，
克林姆運用了不完整的畫面元素，例如樹的一部份，以及特別高的
地平線。在數幅阿特湖的湖景作品中，這種特質將具有反射效果、
將光與色折射的水面轉變成整幅畫唯一的題材。對大自然的寫實描
繪（雖然在少數阿特湖景中也可見到）與讓人得以辨識出地點所在
的地理正確性他都極力避免。

　　將克林姆的風景畫與「人類畫」作品連結在一起的是兩種概
念：在人類創造的歷史之外，另有獨立於人類歷史之外的有機生命
存在，而大自然是一種循環往復，永無止盡的成長過程。尤其他的
的水景畫，很可能蘊含有象徵性的內容，「寧靜的池塘」、阿特湖
景和沼澤作品都與新藝術時代的一種流行觀念相吻合。依照這種觀
念，水是一切有機生命之母，在他畫中，所象徵的「廣闊無邊的大

自然」便支持了這種詮釋。例如在一幅畫中，水面幾乎涵蓋了整幅畫（102），而如〈魚血〉、〈水蛇〉、〈流動的水〉、〈金魚〉和〈女水妖〉（第63、 137、 67、 136、 58頁）中，都藉女人與水的直接關係，表達這種象徵涵意。這些畫與〈死與生〉（第123、 122頁）、〈三個年齡階段〉（第122頁）和〈希望〉（第134頁）等「人類畫」也都表現出了克林姆對回歸原初的幻想。

克林姆畫中的風景形成了獨立於人類之外，自足的的生物世界（很少出現天空、雲朵或是星體），這一點也可以自社會史中尋得解釋。隨著對大自然的剝削與破壞日漸嚴重，人類對一種「純淨」、原始，日新又新的自然也日益嚮往。克林姆的風景畫不僅缺乏了對人類行為或活動的描述，連人為在大自然中留下的痕跡也一律見不到。他所畫的的農家花園、林蔭道路，乃至建築物都成了色彩斑斕的裝飾物，彷彿出自原始的大自然。克林姆一再描繪的似乎是一種植物性的生長，動物極少出現，而人類只有在少數幾幅作品，如〈葡布倫宮的庭園〉和〈加爾達湖畔的馬徹辛納〉（第175頁）中出現，但這純是無心之舉。

植物生長緩慢難以察覺，暗示了一種超越而獨立於人類歷史之

罌粟原野， 1907年
Mohnwiese
畫布、油彩， 110 × 110公分
維也納，奧地利畫廊
(Vienna, Österreichische Galerie)

外的時空。克林姆所畫的是一種靜態的自然——均衡、「靜態」的正方形規格正好與之呼應——其中僅有少數幾幅出現了由光線或天氣所帶來的驟變，儘管如此，克林姆仍然只描繪變化之前（〈大白楊樹 /雷雨迫近〉），或是之後（〈雨後〉，第93頁），但卻未曾直接描繪變化本身。這個獨立於人類之外、自足、植物性的被動狀態，必須以疏離、不介入的態度方能體會。1899年藝術史學家阿洛伊斯‧里格爾（Alois Riegl）發表了一篇名為《氛圍是現代藝術的內容》（Die Stimmung als Inhalt der modernen Kunst）的論文，在引言中他便描述了此種世紀末的自然觀。（103）

觀賞自然時須「寧靜」，「保持距離」是觀賞大自然的不二法門，如此，以觀畫的態度賞味大自然，觀者可以自「正常生活中隨時存在的壓力」中解脫，獲得大自然賜予他的「氣氛」作為補償，領會「在不協合之中尋得諧和，於忙亂之中尋得寧靜」（104）的這種領略。

這一種說法，似乎就是在形容克林姆的風景畫。唯一的差別是，克林姆的畫中向來缺乏「距離」，他採取的作畫角度，使觀者根本無法自遠處看望風景。根據里格爾的說法，「近觀」會破壞疏

上奧地利的農舍，1911/12年
Oberösterreichisches Bauernhaus
畫布、油彩，110 × 110公分
維也納，奧地利畫廊
(Vienna, Österreichische Galerie)

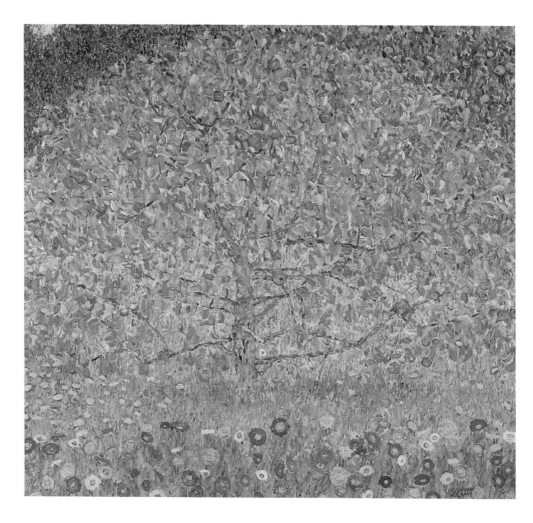

蘋果樹 I，約 1912 年
Apfelbaum I
畫布、油彩，110 × 110 公分
維也納，奧地利畫廊
(Vienna, Österreichische Galerie)

離感，而疏離正是克林姆風景畫的特色。由近處描繪，如杜拜所說，可使大自然轉變成「室內裝飾」（105），克林姆這種對大自然局部的美學處理，使得大自然的局部不再像符合原來意義的風景，而指涉了大自然在空間上（局部性）與時間上（靜態、遲緩的植物成長）的無窮無盡。

的確，除了早期的作品之外，克林姆最後甚至連地平線都省略了，延展到背景處去的空間深度感因而消失，畫中風景似乎成了平面性的裝飾圖案。於是觀者眼前展開了一幅裝飾性的「馬賽克」，無法穿透，而人僅能留在外頭。這種「馬賽克」有時甚至具有物質性的密度，如〈有山丘的花園景致〉、〈蘋果樹 I〉（約 1912 年，第178頁）、〈罌粟原野〉（1907 年，第 176 頁）、〈樹下玫瑰〉（1905年），就像「黃金時期」中仕女畫像的裝飾圖案，或是〈史托克列飾帶〉邊牆的抽象裝飾（第 151 頁）。克林姆風景畫中的「近觀」特質，連在一些具有深度感的作品中都未喪失。此種深度感並不是由中心透視法，而是以分層設色製造出作品的深度感，畫面因而也會顯得緻密有厚度。

這種似近而又無法進入的矛盾，源於克林姆體會、觀察的技

蘋果樹 II，約 1916 年
Apfelbaum II
畫布、油彩，80 × 80 公分
維也納，奧地利畫廊
(Vienna, Österreichische Galerie)

法。他不但使用正方形的框格以尋找合宜的局部景觀，很可能還使用了視覺上的輔助工具，如望遠鏡或是觀劇望遠鏡，以從遠方製造出近觀之感。 1915 年在夏日假期間寄給他妹妹赫爾米娜（Hermine）的明信片上，克林姆抱怨自己的健忘：「安然抵達，卻忘了觀劇望眼鏡，急需！」（106）

花園景致（繁花盛開的草地），約 1906 年
Gartenlandschaft (Blühende Wiese)
畫布、油彩，110 × 110公分
紐約，私人收藏

阿特湖畔的坎門古堡 I，約 1908 年
Schloß Kammer am Attersee I
畫布、油彩，110 × 110公分
布拉格，國家畫廊
(Prague, Národní Galerie)

公園，1910年
Der Park
畫布、油彩，110 × 110公分
紐約，現代美術館，葛楚德・梅倫基金會
(New York, The Museum of Modern Art,
Gertrude A. Mellon Fund, Collection)

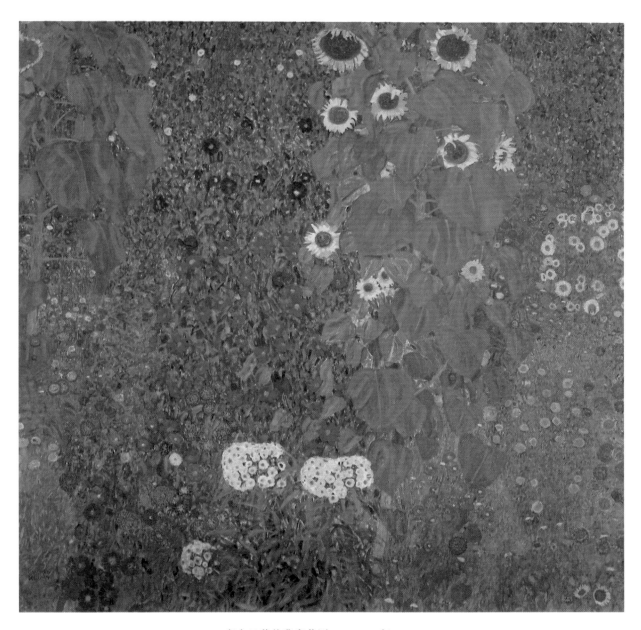

有向日葵的農家花園， 1905/06年
Bauerngarten mit Sonnenblumen
畫布、油彩， 110 × 110公分
維也納，奧地利畫廊
(Vienna, Österreichische Galerie)

坎門古堡的庭園林蔭大道，1912年
Allee im Park von Schloß Kammer
畫布、油彩，110 × 110公分
維也納，奧地利畫廊
(Vienna, Österreichische Galerie)

阿特湖畔的下阿赫， 1915年
Unterach am Attersee
畫布、油彩， 110 × 110公分
薩爾斯堡，薩爾斯堡邦立收藏，魯珀汀館
(Salzburg, Salzburger Landessammlungen – Rupertinum)

有十字架的農家花園，1911/12年
Bauerngarten mit Kruzifix
畫布、油彩，110 × 110公分
1945年在印門朵夫宮（Schloß Immendorf）焚毀

花園小徑和雞，1916年
Gartenweg mit Hühnern
畫布、油彩，110 × 110公分
1945年在印門朵夫宮（Schloß Immendorf）焚毀

「孤獨的自我溝通」──情色素描

克林姆生前，就有一些藝評家認為，他的素描是他作品中的傑作，而直到今日，仍然有些藝術史學家持相同的看法。但是我們應該注意的是，在當時一般人難得見到這些作品。有些素描雖然偶爾也在展覽會上展出，或是刊印在《聖春》以及其他發行量極小的情色印刷物中，但是大部份都只是為其他作品而作的習作、初稿。克林姆1918年過世後，畫商尼貝黑籌辦了一場克林姆素描展，這些畫才全面公諸於世。此後，特別是在六〇年代時，舉辦了許多克林姆素描的展覽，並將之出版；但是一直要到1984年阿麗絲・史托貝爾出版了三冊的作品目錄，我們對他的素描才有相當全面的了解。這其中一共包含了3000多張的素描，但據估計，克林姆所做的素描應該多達5000到6000張。克林姆的聲名不僅是得自這些素描作品的品質，也來自這些作品引人遐思的情色題材。因此克林姆「情色大師」的名望主要是由這些素描而來的。許多人以這些素描作品為證，認為克林姆的藝術反抗了他那個時代的道德觀，並為女性解放而奮鬥。

但是，克林姆生前只有少數素描公諸於世，所以宣稱這些作品具有顛覆的功能或實際的影響力實是大謬。至少有兩種理由可以否定，克林姆的藝術是一種社會藝術（social art，有意識、有目標，志在改變社會現況的藝術）。第一，克林姆從未以他的藝術追求任何社會政治上的目標；第二，他的素描大多只是正式畫作的習作，或是對公眾不具影響力的私人草圖而已。

將這些素描刻劃成是一種反壓迫女性的宣言者，對藝術與其影響力的了解實在有限而又大錯特錯。他們一方面高估了美學手法對抵制社會弊端的效力，另一方面則漠視了克林姆那一時代具體的社會環境。直到今天，推崇克林姆作品的人一直遠較質疑者為多。雖然克林姆曾不斷的與其他圈子發生衝突，但這並不代表克林姆曾在社會或是文化政治上追求任何特定目標。克林姆的「猥褻」作品的確偶爾引來了激烈的反彈，例如他為〈學系繪畫〉所作的素描；但對他某些作品最強烈的抗拒（特別是〈學系繪畫〉），主要是來自他的世界觀，而不是他對情色的露骨描繪。

女朋友們，前方和後方，約1905年
Freundinnen in Frontal- und Rückenstellung
黑粉筆，45 × 31公分
維也納，歷史博物館
(Vienna, Historisches Museum)

張腿而坐的女人，1916/17年
Sitzende Frau mit gespreizten Schenkeln
鉛筆、紅色筆，以白色凸顯，57 × 38公分
奧地利，私人收藏

克林姆當時代的人對他作品中情色內容的態度，可以從那唯一一次，別人採取的法律行動中看出。在《聖春》刊登了幾幅克林姆為〈醫學〉（第83頁）所作的草圖後，檢察官以「傷風敗俗」提起告訴，地方法院卻駁回，並為藝術家辯護：「本案主要涉及為公開展示的畫作所作的習作，它們刊登在一本⋯⋯以藝術家為主要讀者的雜誌上。」在此，法院以法律依據，支持文化政治中，推廣現代藝術與分離派藝術的原則：藝術的自由不應該受到任何限制，國家僅在這種自由受到危害時方得介入。「毋庸置疑，對藝術家所選擇的題材，以及對這種題材的表現方式，不應給予太大的束縛。當然，對自有藝術以來便理所當然的裸體畫也不應禁止。一切真正的藝術品──亦即以純粹美學效果為主要考量的作品，都不能因此而判為是傷風敗俗。」（107）

　　簡單來說，對克林姆而言素描具有兩種功能：作為其他畫作或大型裝飾作品的習作；以及為他個人創造一個充滿性魅惑力的女性形象，作為滿足私人迷戀的媒介物。風景、建築、室內設計和風俗畫等等在克林姆的素描都見不到，有的是對情侶的描繪，例如為〈吻〉（第117頁）所作的；以及幾幅可稱為「家庭畫」的作品，但是純以孩童及男性為題材的則很罕見。而男性裸體，在克林姆還是應用藝術學校學生時，和他早期的作品中雖然見得到，但也不特別重要。在克林姆的草圖或純粹的素描中，他幾乎將重點完全集中在女人的身上，有肖像、有裸女，其中絕大部份的素描，都是對他模特兒的情色描繪。一直要到現代印刷複製技術改進、展覽普及，以及以這些情色素描為主要探討內容的論述出版之後，這些情色作品才得以普及。我們有足夠的證據可推知，克林姆本身認為這些作品只是他私人的物品，但是經由出版、研究、編目分類和展示之後，它們便成了藝術史的一部份。的確，在它們得到大眾媒體的青睞之後，這些素描就不再純粹是滿足克林姆私人耽溺的媒介，而一轉成了滿足觀者同樣需求的作品。如此，我們才得以探究觀者、作品和作品內容之間複雜的關係，其中也包括窺淫癖的課題。

　　克林姆許多情色素描，明顯純是針對男性的口味，描繪的經常是模特兒暴露或準備迎就獻身的姿態。某些裸體畫，是由極近處，以特定角度來突顯特定的身體部位，或者有時會擷取一部份，來增強或提升素描中性慾的刺激。克林姆以各種手法一再表達睡眠、慵懶的感覺、神志昏昧以及各種情慾感受的身心狀態。因此稱他為偉大的「女性的心理學家」實在有失公允：在克林姆的素描中，表現出的女性感受極為有限；對克林姆而言，「女性」不過只是無限的情色肉慾享受罷了。雖然克林姆以前所未有的方式在藝術中表現了性慾，但同時卻也將女性矮化到僅只剩餘性的成份了。

躺臥的半裸者，朝右，1914/15年
Liegender Halbakt nach rechts
藍色筆，37 × 56公分
維也納，歷史博物館
(Vienna, Historisches Museum)

馬藤克洛特寫道：「克林姆的確僅能以女人的性來表達自己的性慾求和歡愉，彷彿遺忘了女人性慾求的對象原是男人。反之，女同性戀之間溫柔愛撫的畫面則傳達了克林姆感受到的快感。對他而言，畫面上緊緊擁抱的女人身軀構成了他心目中的女性世界。這個情色世界似乎不受世俗禁絕的歡愉與變態之愛的干擾。的確，在克林姆素描中的女同性戀者以及沉醉其中、渾然忘我的女性手淫者，彷彿並無意引起觀者的注意。這些素描描繪出了一種女性渾然忘我的世界，在那裡男性就像是個置身在外的旁觀者與窺視者，永遠無法進入，只能在外色迷迷的觀望。」（108）

在這個情色世界裡，自我陶醉的特質在內涵和形式上都表現出來了。這些素描中並沒有暗示任何空間情境或者別有寓意，也不再具有十九世紀情色作品，或克林姆其他象徵畫（例如〈達娜耶〉，第209頁）中所具有的敘事性質與神話、歷史意涵，因而也失去了時間面向。

人們也常常提到，克林姆僅只畫出模特兒的輪廓，略去輪廓內的身體細節，以製造出一種與世隔絕感。這種合乎新藝術所要求的「和諧感」，非寫實、非自然的輪廓，使得畫面上的女人轉成了布

闔眼坐著的半裸女子（局部），1913年
Sitzender Halbakt mit geschlossenen Augen (Detail)
鉛筆，57 × 37公分
維也納，歷史博物館
(Vienna, Historisches Museum)

面圖紋或工藝性的裝飾圖案。除了輪廓之外，克林姆也藉由畫中女人懶洋洋的模樣以製造出一種疏離感，或者謹慎的說，是以此阻卻畫面與觀者之間的互動，她們通常都將眼睛閉起來或是避開眼神的接觸。在克林姆的繪畫作品如〈希望I〉（第134頁）中的特殊效果，部份仰賴畫中女人冷靜注視著觀者的眼神；而在〈茱迪絲I〉（第142頁）中，她的眼神則予人挑逗之感；但在素描裡，觀者與畫中女人之間卻無任何直接的溝通，因而賦予了畫中女人自主性，使人覺得她們的自我認知僅由自己與自己的感受所決定。這些方式也使人認為「女性形象」（image of woman）的形成與存在，可以完全獨立於觀者和他們固有的想法之外——雖則實際上根本不是這麼回事！這種「女性形象」自然是透過男性藝術家與男性觀者的目光形成

倚坐的半裸女子（局部），1913年
Zurückgelehnt sitzender Halbakt (Detail)
鉛筆，56 × 37公分
維也納，歷史博物館
(Vienna, Historisches Museum)

的。撇開這一點不論，仍然有人會誤以為，畫中的女人表現出了對
自己、自己的身體、慾望和性需求自主權的希望。但我們不應忽
略，與此同時，情色與性卻也被描繪成了女人唯一可實現自主權的
領域。由主導觀者目光所引發的問題，至今僅有極少數人曾仔細檢
視過。詭譎的是，對這一問題的研究表示，觀者或研究者無法再將
這些素描視為是無所依附的獨立藝術品，他們自己也涉入其中，成
了研究的對象之一，是以他們所要檢視的不僅是他們所感知的對象
——藝術品——還包括感知的過程本身。

　　在克林姆的情色素描，或者也可說，在他的所有作品中，男性
從不會感到性慾衝動與快感，從未曾控制不了自己。在他的素描
中，克林姆表達了女人因為「性」的緣故，而失去個人特質的經

歷；畫中營造的疏離感也在於保護男性觀者與藝術家本身免遭同樣的經驗。藉由將女人作為滿足性慾的工具，以確立兩性的差異，並藉由男人在創造與觀看過程中所塑造、主導的「女性形象」，保護男人免於被迫反省他們的自我認知，但同時卻也傷害了女性的認知，將女性貶抑為僅具性慾特質的生物。

「克林姆這位圖案設計家的情慾究竟寄託在何處，無法一語概之。說他愛女人未免太過了，他對女人的興趣範圍實在有限。他喜歡女性的胴體，但一方面太過，一方面又太少。克林姆感興趣的並非女性胴體本身，而是能刺激他肉慾的、風騷的肉體；更正確的說法是，吸引他的應該只是女體上的性徵。」（109）

一對戀人的上半身，約 1908 年
Oberkörper eines Liebespaares
鉛筆，55 × 35 公分
維也納，歷史博物館
(Vienna, Historisches Museum)

194

相擁的女子， 1905/06年
Freundinnen in Umarmung
鉛筆， 38 × 57公分
收藏者不詳

　　克林姆觀看女性的目光與態度，使得畫中的女體予人殘缺不全的感覺。有時只擷取一部份的身軀，有時則採用一定的角度以強調特定部位，結果整個女體看起來像個只有軀幹的雕像。近年來，這類女性身體在藝術上的斷片化（fragmentation of the female body）在以女性主義詮釋的藝術史上引發了爭議。簡而言之，有兩派全然相反的觀點：第一種認為各種斷片化同時也會瓦解女人本身的完整性，證明了統馭的「男性觀點」；另一種看法則認為應該放棄對「完整身體的幻覺」，因為此種幻覺並不符合心理或社會上的實際狀況。在實際情況下，人已無法體驗身體最原始的完整性。

　　克林姆運用不同的技巧（透視法、前縮法、扭曲和更動比例），以及巧妙以遮蓋或暴露的方式將觀者的目光引導到與性有關的成份上。愛德華・富克斯（Eduard Fuchs）是少數發現了這個事實的學者，他在〈情色藝術史〉（Geschichte der erotischen Kunst）中寫道：「克林姆的裸女總是特別強調性器官。偶爾處理的方式雖然相當含蓄，但仍會將觀者的視線直接引導到這些部位。觀者的眼光無意之中首先會注意到的，也就是藝術家創作時最為留意的部位。」（110）克林姆素描中女性的身體，通常是因為有衣物覆蓋但在特定部位坦露示人，而散發出濃烈的情慾力量：

　　「女人身上的衣服，時而拉起、時而翻折過去，如此裸女才轉而成為裸露的身體，而裸體畫也成了情色作品，成為傳達快感的圖畫。這些裸露的部位彷若剝除衣物後，在布面圖案形成的背景上展示。結果這些質料不但沒有隱藏住身軀，反而成了情慾投射對象的框邊，呈顯給他人觀看：〈女朋友們〉兩位女性的胸部、女孩蹶起的臀部或是張開的陰部等，衣物不僅沒有遮掩，反而加以暴露。」（111）

這種對身體的斷片化，可以導致人格的斷片化到何種程度，由克林姆對待他模特兒的態度可以看出（參考〈希望 I〉的相關故事，第127頁）。克林姆的目光具有一種「合成」的能力，能將不同的模特兒、她們不同的動作、姿態、「身體片段」合成，想像出一個全新的理想人物來。克林姆並未注意模特兒的人格，他注意的僅是他的藝術所能「使用」的外型。由克林姆的說法「她的屁股比許多女人的臉蛋還要聰明、美麗」，就凸顯了這種藝術原則到何種程度影響到了他對模特兒的態度了。（112）

雖然維爾納・霍夫曼提到了這種創作行為的「自私」，但他是純就「藝術創作」而言的。霍夫曼也是唯一研究過作品、裸體模特兒、藝術家與觀者之間深刻關係的藝術史學家。「對克林姆而言，女體是所有形式的原型、一切題材的根源，就好像是滋長果實的胚芽……這種懶洋洋的女人，是一種可以捏塑的物質，只能任由創作過程擺佈。」（113）但是這種塑形的創作過程也可以倒轉來看：物質不只是創造人像的「原料」，人像也可以還原回復為物質。這種情況我們已經討論過了。在〈史托克列飾帶〉中，這種倒轉還原已推演到了極致，餐廳窄牆上的圖畫（第151頁），已經無法讓人辨識那是否僅是個抽象的馬賽克圖案，或是個人物？而果真是的話，性別又為何呢？此外，由一系列的女性畫像中，也可觀察到畫中人物還原為物質，或者更正確的說，畫中人物逐漸衍變，轉而成具有裝飾性材料的特點。

霍夫曼精確的描述了男性藝術家對女性的掌控權，雖然他只是就藝術創作過程而言，但這種掌控權當然也包含了對物質，亦即女

兩名趴臥的女子，1906年
Zwei auf dem Bauch liegende Freundinnen
紅色筆，37 × 54公分
維也納，阿伯汀納版畫收藏館
(Vienna, Albertina)

兩名躺臥著的裸女， 1905/06年
Zwei auf dem Rücken liegende Akte
紅色筆，37 × 56公分
格拉茲，邦立猶安博物館，新畫廊
(Graz, Neue Galerie am Landesmuseum Joanneum)

躺臥著的戀人，朝右，約 1908 年
Liebespaar nach rechts liegend
黑粉筆，35 × 55公分
維也納，歷史博物館
(Vienna, Historisches Museum)

體的控制在內，因為女體即是「所有形狀的原型」（the origin of all form）。霍夫曼將模特兒與描繪的女人一概等同為創作材料，視同藝術家的物質材料如畫布、紙張等等，而以「物質」稱之。藉著將藝術家的創作行為等同於性交這種「開誠佈公」的行為，霍夫曼試圖將藝術家與模特兒之間的關係逆轉，以此否認前者對後者的佔用及掌控權：「倘使『女人不創作藝術，但是卻成就了藝術家』這句話對克林姆也適用的話，那麼男性的優勢自然便會受到限制，而轉成一種施與受的平等、互補關係。最終克林姆於是成了收受者，而以他所創造的『以女性形式存在的世界』來回報他的女性創造者。」（114）在此，霍夫曼將畫家與他的模特兒之間的真正關係任意扭曲，將一切眾所皆知的，藝術家對他模特兒的控制棄而不顧，而他所稱的模特兒主動、自主的角色，以及藝術家對她們的「回報」到底又何在？霍夫曼指出了，克林姆對「女性形象」的涉入如此深入，因而在他素描中，略去了所有象徵性的或是歷史性的「偽裝」，而集中直指心理與情色描繪上。

　　上述克林姆素描的形式特色，可視為是他對「女性」耽溺、不可自拔的探索在形式上的表現。使人物與世界隔離的輪廓、缺乏空間指稱、由軀體和姿勢建構出的特有的自存空間、女子的陶然自得

以及畫中女人的被動、慵懶等等元素都證明了，克林姆傾全力探究的，除了情色與性慾感受之外，別無其他，而這方是克林姆「女性形象」的根源。當他愈能成功的捨棄各別性而粹煉出一種他心目中足以代表情色化身的理想女人形象，則他素描中的女人也就顯得愈發寂然自立而能獨立於觀者之外，被包攝在一種孤獨的自我溝通中與觀者保持微妙的距離。「女人唯有在剝盡一切，成為僅剩餘性成份的生物時，才能獲得她們的生存空間，而在克林姆晚期的作品中，畫中女人的姿態也僅局限於此私密空間中……就像是古典的雕像利用他們的盲眼凝望著我們，克林姆的女人姿態總是內化而且幾乎總是壓抑的。這些姿態的意義將會永遠是個謎……她們的眼睛大半下垂或闔閉起來，展現的只是她們的性慾。她們是否可以意識到自己的性慾？這些女人的性慾已經被發覺了，但她們對自身的情慾需求此似乎只是一知半解，而身體的另一半則歸屬於社會。克林姆的女人令人憶及那些夢遊症者或是作夢的人，她們昏沈的狀態則造成了她們行動上的阻力。（115）

認為克林姆致力於解放性慾的說法雖則大錯特錯，但其中仍有些許可貴之處。克林姆苦心尋覓「女性的世界」，這促使他能夠發掘並敏銳的描述這項在當時仍屬藝術禁忌的題材。但無法否認的是，這種對女性情色感受的描繪乃是源自一位男性藝術家，他在經歷了自身男性認同的危機之後，轉而尋求對女性的認同，以紓解自己的困境。

以女性形式存在的世界

一旦我們翻閱克林姆所有的繪畫以及建築裝飾作品的目錄（由弗里茨・諾維特尼和約翰尼斯・杜拜編錄，約收有220件作品），就會發現這些作品可以清楚分為幾類，同時也會瞭解藝術家的特定偏好：克林姆的作品，絕大多數都是女性的肖像畫、象徵畫、「人類畫」以及風景畫。這四種類型之外的作品並不多見，其中一幅是在1899年所繪製的歷史畫〈彈鋼琴的舒伯特〉（第47頁）。當然，由於克林姆早期時經常接受委託作畫，當時也還有其他方面的題材，例如男人的肖像畫（〈特勞恩伯爵的肖像〉，1896年；〈布爾格演員路易斯基扮演卡洛司〉，1895年，第50頁，以及〈鋼琴演奏者及教育家約瑟夫・彭包厄畫像〉，1890年，第51頁），但這樣的題材後來便沒有再出現了。如果我們再將素描納入的話，那麼就更能看出克林姆題材範圍的限制。克林姆作品中的女人，是他聲譽和名望的來源，同時也佔了他作品的絕大多數。

即使在克林姆最早期的作品中，也可看出他慣於以女性為題材的傾向。在他替宮廷藝術史博物館所製作的作品（〈埃及藝術 II〉，第30頁）以及1895年開始製作的象徵畫冊（〈象徵畫集〉，新系列）中，克林姆更新了傳統的女性畫像的風格以及內容，藉由寫實的描繪方式賦予她們一種情色魅惑力（116）。一步步的，克林姆揚棄了他歷史上的典範，以及學院訓練中強調的，對女性裸露的胴體雕像般、含蓄的描繪方式。與此同時，他的女人形像也開始分化，第一種是充滿情色魅惑、致命的女性與母親原型（〈悲劇〉，第45頁），另一種則是理想化了的上流社會仕女。

在克林姆的象徵畫、「人類畫」、肖像畫和素描當中，女性幾乎是作品意涵唯一的承載者，她們是這些巨大的、紀念碑似的象徵畫作的重心，也主導了他那難以解讀，缺乏敘事性與象徵意義的晚期作品。此外，女性也是克林姆素描之中的主角。

克林姆的「伊底帕斯的叛變」（如秀斯克之言），與十九世紀主要以男性為題材的繪畫和歷史主義決裂了。但是他的叛變不只是世界觀與美學觀的背離，在某種程度上也是在政治和文化危機之中嚴

裸體少女的上半身像，正面，約1916年
Brustbild eines nackten Mädchens von vorne
鉛筆、微褐的紙，57 × 38公分
伯恩，藝術博物館
(Berne, Kunstmuseum Bern)

處女（局部），1913年
Die Jungfrau (Detail)
畫布，油彩，190 × 200公分
布拉格，國家美術館
(Prague, Národní Galerie)

重的世代衝突，指涉了兩性角色以及在社會中兩性關係的變化。雖然克林姆幾乎毫無例外的以「女性」作為他認同的媒介物，但是這並不代表如一般所說的，克林姆與佛洛伊德的心理分析一樣，倚賴分析與反省深入探索陌生的心理世界；此外，克林姆顯然對透過藝術以剖析自己的心理毫無興趣，光這一點，就足以使將克林姆的藝術作品與佛洛伊德的心理分析相提並論的說法不攻自破了。佛洛伊德的「叛變」是將自身的「社會死亡」昇華為一種創新的力量，亦即他努力克服停滯不前的職業瓶頸，以及無法配合傳統社會的要求導致的挫折感。佛洛伊德進行的徹徹底底的自我剖析，以及從事的心理治療構成了他的發現與科學成就的根基。而由克林姆的作品中，我們根本看不到他任何自我檢視或是自省的蛛絲馬跡。

　　對此的一個解釋是，克林姆或許未曾對他自己的男性特質感到興趣，例如他所說的：「我不是個特別有意思的人。」就是一種根據。但他對作為全然女性化的男人一定很有興趣。克林姆在文化上和個人危機中尋求自我，並沒有引發他剖析自己或分析佛洛伊德所發現的，個人同時具有的雙性特質，反倒卻促使他在女性的形象中實現他的自我（117）。克林姆並不是唯一的例子，有許多人以「女性化」或是「自我女性化」的說法，將「女性化的再評估」曲解、「提昇男性中的女性成份」。這種男女關係的改變與對此看法的更易是十九世紀文化的新現象，在各種藝術當中也都反映出來了（118）。男性的「自我女性化」其實是如西維亞・艾伯麥爾（Silvia Eiblmayr）所言「並不是源自對女人真正的興趣，而是將女性特質據為己有」。在藝術作品中描繪的男性漸漸消失，而男性藝術家則獨佔了描繪女性的大權，結果導致了將女性魔化、神秘化以及將她們視為崇拜物的現象，女人形象被轉化為〈茱迪絲〉（第142頁）、女巫、傳說中與自然界的生物（〈水蛇〉，第137頁）以及怪物（〈貝多芬飾帶〉，第104頁），或是在新藝術中發覺裸女可做為廣告之用後，成為提昇商品誘惑力的工具。

　　在這些作品中，並未表現出男性為性愛力量所屈服，或者探索對他們而言陌生的女性特質。事實上，它們是艾伯麥爾所謂的「作為女性的男性」的一種投射。不僅見於克林姆的藝術中，在他處這種投射也會導致「作為女性的男性」與「女性化的男性」這兩種形象的相互趨近。特別是在新藝術時代中，利用各種不同的方式，例如雌雄莫辨的人物畫象或是男性化的女人，以逐漸消彌兩性的差異。在世紀轉換之際，一位反女性主義的女性特質理論家奧圖・魏寧格提到女人的男性化是當代「兩性趨近」的典型表現手法，甚至是分離派對人類看法的特色。他藐視的說：「『分離派』的口味，愛的就是胸部扁平、沒有臀部的高瘦女性。產生這種口味的原因，或

站立，抬起小手臂的女子，朝右，約1908年
Stehende mit erhobenen Unterarmen nach rechts
鉛筆，56 × 37公分
維也納，歷史博物館
(Vienna, Historisches Museum)

戴斗篷和帽子的女人，半側面，朝右， 1897/98年
Dame mit Cape und Hut im Dreiviertelporträt nach
rechts
黑色和紅色粉筆， 45 × 32公分
維也納，阿伯汀納版畫收藏館
(Vienna, Albertina)

許是在某一種時代裡有較多男性化的女性之故。過去幾年大為盛行
的執褲子弟的作風與同性戀，都可以歸咎我們這個時代的女性
化。」（119）女性男性化的反面——男人的女性化——使得男人發
現他們所擁有的女性成份，因此遭受到了威脅，結果使得他們將女
性成份析離出來，結果如〈貝多芬飾帶〉所示，表現為敵對的勢
力。

　　當時也有一些人察覺到了，克林姆的（自我）女性化。他們指
出，克林姆深入探索了女性，並研究這種探索對他的藝術與個人的
重要性。這些言論顯示了，這不僅是克林姆作品的特色，同時也涉

及到他的自我認知。克林姆的女性形象並非是他的現實體驗在藝術上的再現，而是一種超越了藝術，穩固男性自我的一種全新的「創造物」。漢斯‧帝則說道：「克林姆的經歷，可以從他的女人肖像中清楚的看到，他設身處地，深刻的體驗了『女性特質』。身為一個完全受情慾擺佈的藝術家，每一個女人都是從他自身創造出來的。他將自己投射在每一個女人肉軀與衣飾的輪廓、微笑、每一個動作之上，溫柔的捕捉她們的生命力，鉅細靡遺；但他畫的絕非只是現實純粹的複製。他畫的女人都傳達了他的經歷與慾望，無論真實或不真實，這些都是藝術家的懺悔錄。對題材的全心投入與嫻熟的技巧，使得情慾豐沛的克林姆成為女性美的宣示者。」（120）貝塔‧儲克坎朵則認為：「克林姆繪製他那個時代的女人。他仔仔細細觀察了她們的身體構造、體態的輪廓、肌肉的感覺、動作，永誌不忘，而在這種穩固的基礎上，以幻化多變的表現方式描繪女性，以及女性與大自然的關聯。她們時而狂冶淫蕩，勾魂攝魄，時而開朗誘人，但總帶有一股神秘的蠱惑力。女人窈窕的身軀閃爍著肉色的光彩、肌膚泛著磷光般的色澤、頭部寬廣呈正方形，紅色的秀髮

勒達，1917年
Leda
畫布、油彩，99 × 99公分
1945年在印門朵夫宮（Schloß Immendorf）焚毀

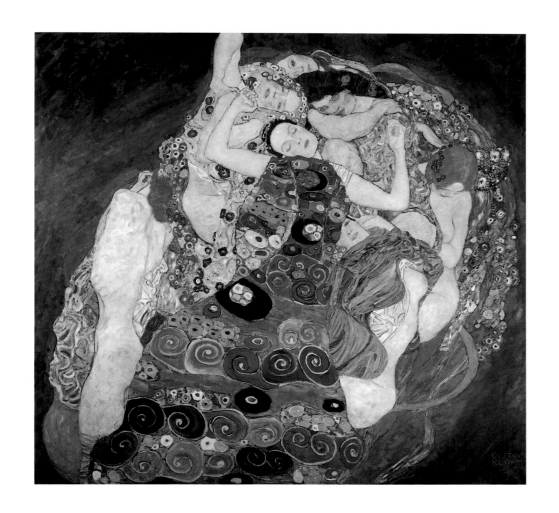

豐厚，誘人一親芳澤，這一切都造成了一種心理上與藝術上的深刻效果。在克林姆的肖像畫中，他創造了剛健冶豔、勇於尋歡作樂、如夢似幻的女人形象。雖然她們風姿各具，但都是由克林姆所創造出來的。這些理想女性的身軀為克林姆析解成賞心悅目、富於裝飾性的線條，一切的偶然性、一切的個人特色於是消逝剎盡，遺留下來的僅是克林姆凝鍊出的現代女性的精粹，而以最純淨的風格再現。」（121）

1901年赫曼・巴爾在「論克林姆」的演說中，順帶提到了一段話，認為慾望寄託的對象已不再是圖畫的內容，而是畫的本身：「朋友們開玩笑的說……，我愛上了克林姆的藝術。的確，這種感覺真的就像愛情一般。彷若是個情人，使一個男人乍然發覺，男性生活的樂趣與意義；我對這些作品的感受正是這個樣子。」（122）正如我們已經在有關分離派展覽的章節中所述的，對藝術的不同接納方式，如觀看、享受、涉入體會等，在當時被視為是一種女性特有的感知能力。「氣氛」一詞是當時的中心議題，它結合上述的所有特徵，代表了一種當時的美學立場與心態。藝術體驗的重點，不在於以理性控制和剖析世界，而是一種對美的被動性學習，其中個人的享受顯得比探究藝術的含意更為重要。

在克林姆的女人畫像中表現的男性女性化的現象，誘使人去就藝術家的個性尋求解釋，並開始懷疑，是否也有所謂的「男性歇斯底里」（male hysteria）的現象？這一問題在世紀轉換之際曾經加以討論過。但是因為對克林姆的個人生活瞭解有限，因而無法得出定論。克林姆僅只透過藝術表達出他心目中的女性形象，但是正如我們所知的，他和女人之間真正的關係卻為傳說和軼事層層包裹，唯一較為可靠的資料是在克林姆死後旋即刊登的訃聞、追悼文章等等。由於時間差距不大，因此具有相當程度的可靠性。根據上述資料得出的印象，認為克林姆「對女人有土耳其式的興趣」（123）的現代迷思，與真正的情況似乎風馬牛不相及。1919年，帝則寫道：「根據他朋友的說法……克林姆的生活似乎充滿了謎般的矛盾。雖然基本上他是一個心地善良的人，渴盼他人的愛，卻還是遭到冷落與敵意，必須忍受孤寂。我們必須嘗試就人性來瞭解這種矛盾，方能進一步接近他那寓意深遠而又神秘的藝術。這一位在絕大部份的作品中，歌頌了女性軀體魅力的藝術家還有更深層的秘密，這些秘密我們必須審慎的對待。克林姆強而驃悍的魔力令人，特別是令女人深深著迷。他帶有粗獷、原始的氣質，但他的心理矛盾卻使他卻步，無法縱情享受生活。雖然他和一個女人有了多年的親密友誼，但他卻未嘗獲得足夠的勇氣，承認這種關係。在他最為細緻、敏感的素描當中，呈現了克林姆情慾上的神經衰弱症（編案：在心理分析上，指的是無法以一般方式宣洩情慾）（124），這想必是一種極度痛苦的感覺。克林姆沒有勇氣承擔幸福的責任，以致他摯愛多年的女人唯一獨享的權利是，在他痛苦的死亡過程中陪伴他。」（125）克林姆同時代的人，如赫曼・巴爾，認為神經衰弱是一種男性歇斯底里現象，一種遭到去個性危險的男性自我的危機。帝則隱約模糊的暗示依舊透露了克林姆的個性，並非像今日許多人想像的那麼單純，而我們也無法單以他的作品來解讀他的個性。

女舞者，約 1916/18 年
Die Tänzerin
畫布、油彩，180 × 90 公分
紐約，私人收藏，聖愛汀納畫廊（New York, Galerie St. Etienne）允許使用

達娜耶

在達娜耶的神話當中,她被化為金雨的宙斯(Zeus)臨幸的故事,一直都是知名藝術家熱愛的題材。當克林姆處理這個題材時,他剔去了所有敘述性與暫時性的成份,而專注表現生命孕育化為永恆的剎那——在古代的神話中,這一剎那所化育的便是裴爾修斯(Perseus)。這幅畫結合了新藝術中「生殖力」(omnifruitfulness)的題材與克林姆心目中對完全自足的女性情慾的執迷,幾乎斷絕了與原始神話及傳說的指涉,而〈達娜耶〉在象徵圖樣學上傳統的附屬物也已如〈勒達〉(第204頁)般極度減化。畫中帶有弧狀輪廓的形狀與裝飾成份等構圖元素,都賦予了這幅畫情色的氛圍,尤其是畫面上的金色更提昇了這種效果。對人物的局部表現與扭曲比例的透視法在在賦予了達娜耶身體的情色魅惑力,然而畫中的裝飾圖案卻又製造出一種疏離感來:「金雨緩緩滑入達娜耶的體內,與裝飾元素為這個古代的題材帶來了聖潔脫俗的氣氛。些迷人的裝飾物帶來的快感不僅具有補償效果,這種性慾上的至樂也是男性伴侶無法達成的。這種快感使女人的血肉幻化成為裝飾性的密碼,轉變成藝術品。愛慾因此變成了崇拜物。」(126)克林姆的作品中,從來沒有任何一件作品像這幅畫般,如此淋漓盡致的將女性抽離到僅存性慾。為了詮釋這一點,霍夫曼直接引用了世紀末的意識型態(魏寧格和克勞斯之語)加以說明:「整個女性的身體就像是生殖器的附屬品」。(127)

達娜耶是克林姆作品中,用來描述全然自主的女性這一概念最極端的例子。而畫中經由風格化與形式化所製造出來的疏離感,目的即在強調這種自主性。一如他數量龐大的其他裸女作品,這幅呈現了陶然忘我的性慾的畫作中,裸女也變成了裝飾圖案的一部份。克林姆的「革命」雖然觸犯了禁忌,卻未予人有受到傷害之感;偶而,就像是在據說定名為〈致我的批評者〉一畫中,克林姆刻意觸犯禁忌。但是因為畫中的情色描繪具有美學上的和諧感,而其表現形式和緩,因此能為人接受,不致干犯眾怒。「畫中盡是性慾和情色,但是這些衣衫單薄的女人、這些沈睡中的裸女,最終卻被維也納中產階級與貴族接受了。因為克林姆以豐美具裝飾性的畫面,降服了人們道德上的顧慮。在克林姆的作品中可見的擁抱者,暗金色或青色背景中浮現的裸露軀體,女子衣飾與色彩繽紛的花朵混合,創造出的豐盈美感等等,在在使人忽略了人物的裸露,因為裸露僅成了富麗堂皇的畫面上一項裝飾的元素了。」(128)

達娜耶，1907/08年
Danae
畫布、油彩，77 × 83公分
格拉茲，私人收藏

　　這幅畫中最重要的，並不是由具裝飾性的女體所製造出來的疏離感，而是潛藏於形式之後的自戀式回歸原初的力量。就如克林姆的其他作品，畫中人物沉醉於睡夢中，因此達娜耶也得以被描繪為渾然忘我、沉醉在她的情慾裡，彷若自立於觀者之外的女性，如此她乃成為「女性自戀的化身」——但是個由男性幻像與慾望所創造出來的。她全神貫注在自己身上，除了自己的身體之外，再沒有其他愛慾的對象。在作品〈勒達〉中，男性的象徵仍然利用黑天鵝的頸子和頭作為隱喻，在此處卻簡化為金雨中黑色長方形的抽象象徵，成了眾多裝飾圖案中的一個。

仕女肖像

克林姆的肖像畫是他作品中最知名的一部份，但是這些以實際人物為主題的作品，其描繪的精確性卻鮮少引起世人的注意，研究的興趣大多集中在它們的形式與發展上。克林姆所繪製的維也納上流社會的仕女肖像畫，甚至有人以社會學的角度加以剖析，視此為是哈布斯堡王朝末期社會菁英與整體社會情況的投射，而非對特定人物與其性格的描繪，因而誤以為克林姆有意以這些肖像畫來批判社會，並以它們分析了文化史的沿革。就連早期的克林姆傳記作者馬克斯・艾斯勒（Max Eisler），也對克林姆肖像畫的人物或是其功用不太著意，而將重點置於對「頹廢現象」的批評：「一般來說，克林姆所描繪的是……嬌生慣養、儀容整潔的都會階級……大多膚淺而又自命不凡，智力平庸，甚至缺乏內涵的女子，她們希望自己看起很重要或是光芒四射。緣於個人修養以及對人本身淡漠的興趣，克林姆從來未曾以譏諷的手法描繪她們。但是就整體而言，因為他毫無成見，冷漠的描繪，乃使他成了這個頹廢、虛偽階層的記錄者。由於他對藝術的嚴謹態度，這些仕女畫因而也與其他作品相同，顯得優雅不凡。」（129）

　　這種研究邏輯必然會專注於形式特色，而支持克林姆的肖像畫具有分析與批判社會功能的論點。平面與三度空間的矛盾、裝飾圖案與肉色、疏離感與（情色）的親密性、親和與排拒之間的對比與矛盾都經人一再指出。「克林姆蛻除了身軀的物質性，將之消解，而成為富有動感的裝飾性圖案，同時賦予這些裝飾圖形感官功能，結果畫中人物難以明確界定，表現出一種看似親和實則冷漠的疏離感……畫中人物佔據的層面變幻莫測，難以捉摸，彷若具有一種未知的深度。前景與背景、平面與三度空間、衣飾與軀體、迎與拒之間的閃爍不定，使得我們無法精確掌握。」（130）

　　必須一提的是，克林姆刻意以不同的形式表現手法，區分神話象徵中的女人與仕女肖像畫。肖像畫中的情色成份較為隱晦。在對〈瑪格瑞特・史東波羅－維根斯坦的畫像」〉（第217頁）一作色彩的分析中，托馬斯・招恩席姆（Thomas Zaunschirm）發現疏離與親和

為阿瑪麗耶・儲克坎朵肖像所作的習作，
1917/18年
Study for the »Bildnis Amalie Zuckerkandl«
鉛筆，57 × 38公分
維也納，阿伯汀納版畫收藏館
(Vienna, Albertina)

約翰娜・史陶德肖像（未完成），1917/18年
Bildnis Johanna Staude (unfinished)
畫布、油彩，70 × 50公分
維也納，奧地利畫廊
(Vienna, Österreichische Galerie)

的矛盾，是藉由顏料濃淡來表現的。在白色與灰色之間閃爍的禮
服，既包覆了身軀，看來又像透明。（131）

　　值得一提的是，這些肖像畫缺乏明確的深度感，人物所在的空
間位置也不清楚。其中一個例外是 1989 年繪製的〈宋妮亞・克尼普
斯畫像〉（第55頁），畫面中坐著的女人給人一種誤以為她是身處
於花園之中的幻覺，這在克林姆的作品中，也是極少見的以自然為
背景的肖像作品。在其他的肖像畫中，地域的空間定義消泯，代之
以徽章式的圖案。由於裝飾繁複，畫中仕女因而嵌入背景之中，從
中僅有以寫實手法表現的臉部、表情與手浮顯出來，藉此凸顯寫實
成份與平面性裝飾圖案的差異，強調人物的重要性及個性。但是從
另一方面來說，這些身體的部位也因而顯得像是和身體毫不相干的
段片，成了象徵圖樣。

　　「同時代的立體主義（Cubism）領頭以平面取代三度空間的特
色，在克林姆的分離派畫作中也獲得了呼應，二者同樣都捨棄了立
體表現。克林姆畫中物體的破碎性總是具有裝飾上的功用，而且從
未影響畫中人物姿態的完整性。」（132）

女人頭部，1917/18年
Frauenkopf
畫布、油彩，67 × 56公分
林茲，林茲市新畫廊，沃夫岡・古爾力特博物館
(Linz, Neue Galerie der Stadt Linz, Wolfgang-Gurlitt-
Museum)

　　以寫實手法表現的臉孔，由於彷如光環、皇冠或是頭飾的裝飾
圖案而更顯突出。這些圖案的功能，在將人物固定在裝飾平面上
（如〈艾米麗・福勒格〉，1902年；〈芙莉查・李德勒〉，1906年；
〈阿德勒・布洛赫－包厄〉，1907年，第216、 219、 218頁）。

　　克林姆肖像畫中的裝飾化是一種逐漸性的發展，這種「去形
體」的表現使仕女的身體慢慢消逝。克林姆其他的女人畫作中，女
性的整個身軀都流露出情色方面的意義，在此情色意含則已經由軀
體轉移到裝飾物上了（與〈吻〉相同）。同時裝飾物也會賦予畫中
人物一種物質上的奢華與珍貴感，使她們流露出在照片上見不到的
高貴之感。雖然保有一些寫實成份，畫中人物仍獲得了遠遠超過一
般肖像畫的特殊氣質。

　　這種氣質還會進一步因為在技巧上的小「伎倆」而提昇，即是
從輕微的仰角角度描繪，因而人物看起來會顯得有點高高在上的感
覺。這些似乎自略高處垂視觀者，身型拉長的人物，顯示了拒人之
感，強調了這些上流社會的仕女和我們之間的距離，而她們花色斑
斕的衣飾也反映了她們在社會上的地位。因此這些肖像畫成了對畫

戴著帽子和手提帶的女人，於右側再畫一次，為〈阿德勒・布洛赫－包厄畫像 II〉所做的習作，1912年

Frau mit Hut und Tasche, (The figure is duplicated), Study for the »Bildnis Adele Bloch-Bauer II«

鉛筆，57 × 37公分

維也納，阿伯汀納版畫收藏館

(Vienna, Albertina)

中人物的禮讚，同時也使她們與觀者之間冷淡疏離。她們所獲得的尊貴氣質卻不一定來自她們的社會地位，而是得自畫家的表現手法；只是，這種描繪方法並非所有的委託人都喜歡，例如〈瑪格瑞特・史東波羅－維根斯坦畫像〉就為她的家族拒絕了；而原本為瑞娥・孟克（Ria Munk）所作的肖像畫，克林姆也不得不重畫成為〈女舞者〉（第207頁）。與赫曼・巴爾的演說不同，這些肖像畫並未顯示「畫中仕女的本性」（133），反而被以社會地位、禮俗及金色裝飾圖案具體表現的財富重重包裹，這些女人真實的本性，包括她們的情慾，因而僅能自裝飾圖樣中掙扎出來。

彼德・阿藤柏格（Peter Altenberg）對克林姆雖然推崇與揄揚過度，但他卻也發現了克林姆肖像畫中的一項重要特徵：這些肖像畫會為畫中的仕女「披上新裝」，而將她們置放入一個非真實的世界中，阿藤柏格因此視這些肖像畫是一種克林姆永恆的女性原型的投射。「這些女性的肖像就像是溫柔、浪漫的大自然最完美的創造物，細緻、窈窕而又脆弱，她們是詩人的夢幻，是詩人永不止歇、永難饜足的熱情投注的對象！她們的手是高貴靈魂的表徵，稚氣而又靈活，優雅同時又心地善良！

不論在真實生活中是喜是憂，她們都不受俗慮羈絆，每一位都應該是生活在夢幻國土中的公主。畫家看透了這一點，他不受動搖，將她們昇華為她們心目中歡歌的崇高理想！……這些才是藝術家心所繫念的：要如此看待女人！凝注著生命之謎，自信、無法撼動，但同時又憂傷悲哀，陷入自我沉思中！僅有手部超凡絕俗的美戰勝了歲月的肆虐與摧殘。這些手彷若訴說著：『我們一直到七十歲時仍一如往常，在年長女人的身上可以看出，我們是為了激發畫家和詩人的讚美而生！這才是我們一生唯一的巔峰。』」（134）

阿德勒・布洛赫－包厄畫像 II，1912年

Bildnis Adele Bloch-Bauer II

畫布、油彩，190 × 120公分

維也納，奧地利畫廊

(Vienna, Österreichische Galerie)

艾米麗・福勒格畫像，1902年
Bildnis Emilie Flöge
畫布、油彩，181 × 84公分
維也納，奧地利畫廊
(Vienna, Österreichische Galerie)

瑪格瑞特・史東波羅－維根斯坦畫像，1905年
Bildnis Margaret Stonborough-Wittgenstein
畫布、油彩，180×90公分
慕尼黑，巴伐利亞邦立繪畫作品收藏，新畫廊
(Munich, Bayerische Staatsgemäldesammlungen, Neue Pinakothek)

阿德勒‧布洛赫－包厄畫像I，1907年
Bildnis Adele Bloch-Bauer I
畫布、油彩、金彩138 × 138公分
維也納，奧地利畫廊
(Vienna, Österreichische Galerie)

芙莉查‧李德勒畫像，1906年
Bildnis Fritza Riedler
畫布、油彩，153 × 133公分
維也納，奧地利畫廊
(Vienna, Österreichische Galerie)

美達・普力瑪維西畫像，約 1912 年
Bildnis Mäda Primavesi
畫布、油彩，150 × 110.5 公分
紐約，大都會美術館，安德列・莫登斯與克拉拉・莫登斯捐贈以紀念母親珍妮・普利茲・史特諾，1964 年
(New York, Metropolitan Museum of Art, Gift of Andre and Clara Mertens, in memory of her mother, Jenny Pulitzer Steiner)

歐根妮雅・普力瑪維西畫像, 1913/14年
Bildnis Eugenia Primavesi
畫布、油彩, 140 × 84公分
美國,私人收藏

赫爾米娜・加利雅肖像， 1903/04年
Bildnis Hermine Gallia
畫布、油彩， 170 × 96公分
倫敦，國家畫廊
(London, National Gallery)

仕女肖像，1917/18年
Damenbildnis
畫布、油彩，180 × 90公分
林茲，林茲市立新畫廊，沃夫岡・古爾力特美術館
(Linz, Neue Galerie der Stadt Linz, Wolfgang-Gurlitt-Museum)

晚期作品

克林姆在1918年2月6日過世時，在他工作室中發現了為數不少的未完成的作品。這些作品由於具有破碎不全的特質，同時寓意深奧，因而至今仍無法清楚詮釋。儘管問題重重，若將它們視為是克林姆「黃金時期」與「人類畫」更進一步的延伸，或許便能說，這些晚期之作再度探索了「生命之循環」。在此，克林姆又一次將這種循環描繪為一種自然而又宿命般的過程。但是在這些作品裡，他表現得似乎較為樂觀而且更具有回歸的意味，而並沒有對任何社會事件或機制的指涉。不像他從前在「人類畫」中直接的表示（〈學系繪畫〉，第76到89頁）或是相當隱晦的形式，如〈希望I〉，（第134頁）中，畫裡母性的象徵寓意便也指涉了母性的社會機制。

這些晚期作品難以解讀的原因，在於其中缺乏任何象徵性的成份。更有甚者，其中人物並沒有表達任何敘事內容，而僅是傳達了被動的情緒表現。只有作品〈新娘〉（第227頁）得以廣泛的視為，其中的人物已進入一種情色化的，自然的狀態，其中已經蛻去了激昂的情感與衝突了。這些畫讓人聯想起克林姆作於1905年的〈三個年齡階段〉（第122頁）以及〈死與生〉（第123頁）的兩幅象徵性畫作。但是這些早期的作品由於形式較為明確，內涵因而也隨之較為清晰；相對的，他晚期的作品內容就變得曖昧不明，而形式也更為自由了。

此外，在克林姆晚期作品中的象徵寓意，也更明顯的由女性人物來擔綱，男性若非完全消失（〈三個年齡階段〉、〈處女〉，第205頁），便是如克林姆一系列的「人類畫」作，化成了蓄意隱藏，不露情感，而且似乎已沒有行動空間的人物了（〈死與生〉，〈亞當與夏娃〉，第229頁）。這些作品如果將他們放入男性「自我女性化」的脈絡中，就可以看作是一種情色化女性本性以及天生具有的女性性魅惑力的投射。在此就像在克林姆的情色素描中，不論是在內容或是在形式上，女性也都被簡化到僅存性慾成份。所有這些晚期的作品都沈浸在一種似睡似醒、沈睡的、夢遊般的和回歸般的昏迷狀態中，即使夢醒後也看不見救贖的希望。

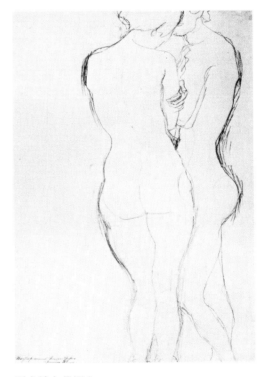

兩名站立的裸女
Zwei stehende Mädchenakte
技巧、尺寸和收藏者不明

女朋友們（局部），1916/17年
Die Freundinnen (Detail)
畫布、油彩，99 × 99公分
1945年在印門朵夫宮（Schloß Immendorf）焚毀

嬰兒（局部），1917/18年
Baby (Detail)
畫布、油彩，110 × 110公分
華盛頓（特區），國家畫廊
(Washington D.C., National Gallery of Art)

　　這些作品中遠離事實（雖然某些細節描繪極為逼真）的特色，乃是源自風格化、形式以及象徵含意的模糊不明。克林姆的繪畫語言及畫中的含意也阻礙了我們對此加以分析。「素描之中平順與清晰的輪廓消失了……取而代之的，是一種較為含蓄，如繪畫般的線條……這種新的畫法減弱了裝飾性的力量……因此在他最後的作品〈新娘與處女〉當中，形式與內涵之間達成了新的互動方式。原則上，畫面中扭曲成團的人物在表面上與〈哲學〉、〈醫學〉中的人群類似，雖然仍保有傳統的象徵寓意，但是〈文學〉中傳統的象徵含意，在此已蕩然無存。它們具有一種全新的神秘性，這種神秘性得自繪畫般的形式，以及對幻覺主義運用的捨棄。從前獨特的對峙安排雖則猶存，……但是最終……卻成了夢幻般未完成的幻象。這

新娘（未完成），1917/18年
Die Braut (unfinished)
畫布、油彩，166×190公分
維也納，私人收藏

種幻象如今以在他早期作品中已露出端倪的風格表現出來。星空消逝，抽象的幾何色塊也已不復見；憂傷、歡愉的表情與姿態仍在，但是因為畫法已不若素描中的一絲不苟，使得人物姿態不若先前那般悲哀、嚴肅。每一件東西都變得輕飄飄的，同時帶有一種恬靜、豐沛而渾然天成的活力。」（135）

　　克林姆晚期的作品清楚顯示了在他所有作品中都見得到的特色，與真實的社會問題全然無涉，畫中人物也非存在於社會中的生物，「全副武裝」，拯救世人的強者已不復見，有能力創造歷史如普羅米修斯者也不見蹤跡了。畫中傳達的主旨也不再是救贖的任務，而是救贖後的狀態。這種救贖後的狀態不存在特定的空間或時間中，是一種沒有過去，也無未來的被動狀態。這種生存毋須任何

交流溝通，不需社會階層、群體的差異；人物間、兩性之間的溝通也不再，同時逸出任何時間與社會的歸屬之外，而回歸到人類嬰兒時期與心智的狀態。

克林姆的藝術技巧，已達到了美學表現方式的極限，如霍夫曼在他的克林姆專文最後所說的：「一個藝術家若想表達社會中的矛盾，便必須反省他的表達方式，運用適宜表達這種矛盾的工具。倘使他以為，任何造型——連最醜陋的，都具有裝飾的功能，就無法表達出那種未經以藝術美化的真實與衝突……風格化阻礙藝術家接近創造過程的基本領域，它絕對不是開放的，而是封閉的；是協調的，而絕非不協調的形式。這種風格化的藝術目標，沒有能力反省自己的表達方式，也無法對社會進行批判，而僅只限於對自身與事實的肯定。這種藝術所編織的，美化一切的華服將自身與社會現況僵化、固著。克林姆的這種特色一方面勾勒出了他在藝術上的限制，但同時也是他藝術的偉大之處。」（136）

克林姆晚期的作品顯示了所有作品中都存在的困境與基本上的矛盾。純潔的、自然原始的情色歡愉最後都匯集成一種回歸原初的狀態。克林姆的作品可以視為是對上一代歷史文化的反判，由此誕生了一種「女人形式的世界」，用來應付社會以及個人的危機。克林姆提供給我們一個自主而又原始的烏托邦，一種回歸原初的幻象世界。這個世界最終不得不否定它自身所誕生的環境。這種女性文化回歸式的烏托邦使男性毋須正視傷害他、威脅他的社會真實。在克林姆的許多作品中，這種社會真實都已被排除在外，而如在他的〈學系繪畫〉中，被一種盲目、情色的和自然的循環所取代；或者，如同分離派的組織和展覽方式所傳達的，將社會現實與聖潔的藝術及藝術家的世界嚴格區分開來。克林姆受歡迎的程度以及他在維也納現代藝術中所扮演的中心角色，都奠基於這種獨特的回歸原初的烏托邦之上。正是因為克林姆的作品如〈吻〉以及〈貝多芬飾帶〉都斷然的將任何與現實生活相關的成份排拒在外，因此直到今日還依舊能為我們提供純粹的情色歡愉，供我們享受。

亞當和夏娃（未完成），1917/18年
Adam und Eva (unfinished)
畫布、油彩，173 × 60公分
維也納，奧地利畫廊
(Vienna, Österreichische Galerie)

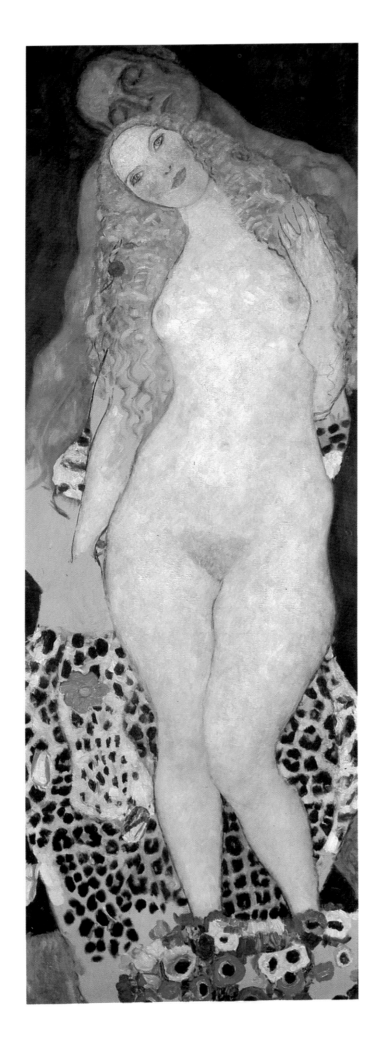

古斯塔夫・克林姆年表：1862–1918

1862　古斯塔夫・克林姆於7月14日誕生於維也納郊區的包姆嘎藤鎮（Baumgarten），兄弟姊妹七人中，他排行第二。父親恩斯特・克林姆（Ernst Klimt，1832–1892年）是位雕金師，祖籍波西米亞（Bohemia）；母親安娜・克林姆（Anna Klimt，1836–1915年）婚前姓芬斯塔（Finster），在維也納出生長大。克林姆的兄弟姊妹為：克拉拉（Klara，1860–1937年）、恩斯特（Ernst，1864–1892年）、赫爾米娜（Hermine，1865–1938年）、格奧爾格（Georg，1867–1931年）、安娜（Anna，1869–1874年）以及約翰娜（Johanna，1873–1950年）。

1876　在附屬於奧地利皇家帝國藝術暨工業博物館的應用藝術學校就讀，受教於畫家尤里烏斯・維克多・貝爾格教授（Julius Viktor Berger）。

1879　與弟弟恩斯特・克林姆和應用藝術學校的同學法蘭茲・麥希（Franz Matsch）合作創業，參與了勞夫伯格（Laufberger）為維也納藝術史博物館（Kunsthistorisches Museum）製作的的壁畫作品，以括除法進行，並為奧皇銀婚策劃遊行隊伍的裝飾工作。

1883　完成在應用藝術學校的訓練。與麥希及弟弟恩斯特共同創立了「藝術家工作室」（Künstlercompagnie）。

1883–85　克林姆、麥希及弟弟恩斯特三人共同承接南斯拉夫菲烏梅市（Fiume）市立劇院的裝飾工作。

1886　「藝術家工作室」承接布爾格劇院（Burgtheater）樓梯間的裝飾工作，由克林姆執行。

1887　維也納市議會委託克林姆繪製老布爾格劇院的內部景觀。

1888　完成布爾格劇院的畫作，獲頒金十字勳章。

1888/89　赴克拉考（Cracow）、的里雅斯德（Trieste）、威尼斯（Venice）和慕尼黑（Munich）等地。

1890　開始進行維也納藝術史博物館樓梯間的裝飾工作，繪製拱

約瑟夫・馬利亞・歐布利希（Joseph Maria Olbrich，左邊）、科羅曼・摩瑟（Koloman Moser）和克林姆（兩人坐在躺椅上），以及一個不知名的人士攝於克林姆的花園。
維也納，奧地利國家圖書館圖片收藏室
(Vienna, Bildarchiv der österreichischen National-bibliothek)

對頁，左圖：
克林姆攝於工作室的花園中
維也納，阿伯汀納版畫收藏館
(Vienna, Albertina)

對頁，右圖：
克林姆身著畫家工作服，手抱著貓攝於他的工作室前
維也納，奧地利國家圖書館圖片收藏室
(Vienna, Bildarchiv der österreichischen National-bibliothek)

間和柱間畫。因作品「老布爾格劇院觀眾席」（第40頁）獲頒新設的帝國獎章。

1891 加入了奧地利美術家公會「藝術家之屋」（Künstlerhaus）。獲舉薦擔任美術學院教授，但未獲提名。與麥希及弟弟恩斯特為藝術史博物館所做的裝飾工作，可謂一項「最高榮譽」。

1892 弟弟恩斯特和父親去世。

1893 克林姆接受艾斯特哈茲侯爵（Fürst Esterhazy）委託，前往匈牙利突提斯（Totis）替當地的劇院繪圖。

1894 與麥希接受教育部長的委託，為維也納大學的大禮堂天花板製作一系列的象徵畫作品〈學系繪畫〉（第76至89頁）。

1896 克林姆和麥希呈交為〈學系繪畫〉所作的草圖。

1897 由於理念不同脫離奧地利美術家公會。維也納分離派由約瑟夫・馬利亞・歐布利希（Joseph Maria Olbrich）、約瑟夫・霍夫曼（Josef Hoffmann）和克林姆共同創立，克林姆擔任首任的主席。開始風景畫的創作並進行〈學系繪畫〉中的〈哲學〉（第80頁）和〈醫學〉（第83頁）部份。

1898　第一屆分離派畫展舉辦。
分離派雜誌《聖春》發行。經過
冗長的爭議後，克林姆終於簽訂
繪製〈學系繪畫〉的合約。約瑟
夫・馬利亞・歐布利希設計分離
派會館。克林姆獲倫敦國際畫
家、雕刻家與雕金家組織（Inter-
national Society of Painters, Sculp-
tors and Engravers）接受為會員，
同時也成為慕尼黑分離派組織的
通訊會員。

1899　完成為頓巴宮創作的門肩
畫〈彈鋼琴的舒伯特〉（第47頁）
和〈音樂〉（第46頁）

1900　在分離派會館展出風景畫
以及尚未完成的〈哲學〉，引起
激烈的抗議。在巴黎世界博覽會
由該作品而得到金質獎。加入柏
林分離派成為會員。

1901　克林姆的〈醫學〉在新聞
界引起激烈的反彈，但是這件作

品卻大獲公眾好評。巴伐利亞邦
立繪畫收藏處購入〈音樂〉（第
13頁）。

1900–02　在阿特湖度過夏天。

1902　分離派籌辦貝多芬展覽，
克林姆參展的〈貝多芬飾帶〉（第
104至113頁）脫穎而出。素描由
維也納的阿伯汀納版畫收藏館首
度購買。

1903　約瑟夫・霍夫曼和科羅曼
・摩瑟成立維也納工作坊，克林
姆後來對此團體有重大的影響。
在分離派的藝術展中，展出克林
姆的80件作品。前往拉溫納（Ra-
venna）和佛羅倫斯（Florence）。
繼續進行〈學系繪畫〉，並且一
再大幅修改。

1904　接受委託為布魯塞爾的史
托克列宮設計馬賽克作品〈史托
克列飾帶〉（第144至153頁）圖

樣。參加在德勒斯登（Dresden）
和慕尼黑的展覽。

1905　放棄〈學系繪畫〉的委託
案，購回初稿。「克林姆組」脫
離分離派。赴柏林，並在德意志
藝術家協會展出15件作品，獲頒
「羅馬宮獎」。

1906　奧地利藝術家聯盟創立，
1912年時克林姆出任該組織會
長。為了〈史托克列飾帶〉初次
前往布魯塞爾，赴倫敦和佛羅倫
斯。成為慕尼黑巴伐利亞皇家美
術學院的榮譽會員。

1907　〈學系繪畫〉完成，並在
維也納和柏林展出。德國萊比錫
（Leipzig）的蔡特勒（J. Zeitler）出
版克林姆的情色素描作品。

1908　維也納的藝術展舉辦，含
括了各種藝術領域，其中展出克
林姆的16件作品。作品〈吻〉（第

117頁）由奧地利國家畫廊購得。克林姆作品〈三個年齡階段〉（第122頁）獲頒金質獎。前往慕尼黑，在阿特湖度過夏天。

1909 參加在維也納舉辦的國際綜合藝術展。在維也納工作坊中著手為史托克列宮製作馬賽克飾帶。在柏林分離派舉辦的國際藝術展中參展。前往布拉格、巴黎和西班牙。「黃金時期」結束。

1910 克林姆參加威尼斯雙年展（Venice Biennial）。

1911 提供在羅馬舉行的國際藝術節8幅作品參展，因作品〈死與生〉（第123頁）獲頒頭獎。赴羅馬和佛羅倫斯。

1912 被推舉為奧地利藝術家聯

盟會長。參加在德勒斯登舉辦的「大藝術展」。第一次前往巴特加施泰因（Bad Gastein）療養，此後每年都造訪該處。

1913 克林姆在慕尼黑、布達佩斯（Budapest）和曼海姆（Mannheim）展出。夏天時造訪加爾達湖（Gardasee），他繪製風景畫的處所。

1914 在羅馬舉辦奧地利藝術家聯盟展。前往布魯塞爾。

1917 在他的教授席位被教育部長拒絕4次之後，成為維也納美術學院的榮譽會員。

1918 1月11日在維也納的寓所腦中風，2月6日過世，遺留許多未完成的作品。

註解：

（1）見 Serge Sabarsky 為 Gustav Klimt. Zeichnungen（展覽目錄）撰寫的序言。漢諾威，1984年，第9、10頁。

（2）見 Die Fackel，1908年7月13日第24頁以下，引自 Werner Hofmann 所著 Gustav Klimt und die Wiener Jahrhundertwende，薩爾茨堡，1970年第11頁。

（3）見 Walter Koschatzky 為 Christian M. Nebehay 所編之 Gustav Klimt Dokumentation 所撰的引言，維也納，1969年，無頁碼。

（4）引自 Hermann Bahr: Rede über Klimt，維也納，1901年第4、5頁。

（5）見 Thomas Zaunschirm: Gustav Klimt – Margarethe Stonborough-Wittgenstein，法蘭克福，1987年，第10頁。

（6）見 Nike Wanger: Geist und Geschlecht. Karl Kraus und die Erotik der Wiener Moderne，法蘭克福，1982年，第41頁。

（7）見 Carl Schorske: Wien – Geist und Gesellschaft im Fin-de-siècle，法蘭克福，1982年，第210、211頁。

（8）見 Alessandra Comini: Gustav Klimt，倫敦，1975年，第28頁。

（9）引自 Gert Mattenklott: Figurenwerfen. Versuch über Klimts Zeichnungen。收於：Gustav Klimt. Zeichnungen（展覽目錄），同註1第27頁。

（10）引自 Jacques Le Rider: Modernismus/Feminismus – Modernität/ Virilität. Otto Weininger und die asketische Moderne。收於 Alfred Pfabigan 所編：Ornament und Askese im Zeitgeist des Wien der Jahrhundertwende，維也納，1985年。

（11）引自 Hans Bisanz: Gustav Klimt – Zeichnungen und Vorstellungsbilder des Seelischen，收於：Gustav Klimt. Zeichnungen（展覽目錄），同註1第20頁。

（12）見註7，Schorske 氏著作第210頁以下與第213頁。

（13）見 Albert Ilg: Moderne Vornehmheit。收於：Gegen den Strom. Flugschriften einer literarisch-künstlerischen Gesellschaft，第二十卷，維也納，1886年，第10–13頁。

（14）見 Alice Strobl: Gustav Klimt. Die Zeichnungen，第一卷：1876–1903年，薩爾茨堡，1980年，第15、16頁。

（15）見1884年2月2日致魯朵夫·艾特伯格（Rudolf Eitelberger）的書信。引自註3，Nebehay 氏著作，1969年，第81頁。

（16）見註7，Schorske 氏著作第198頁。

（17）這件作品以及與之相呼應的〈音樂〉和許多其他作品，如克林姆（Klimt）為〈學系繪畫〉所繪製的初稿皆於1945年在印門朵夫宮（Schloß Immendorf）焚毀。二次世界大戰末期該處儲藏了無數的藝術作品。

（18）「這並不是以現代觀點檢視古代，也非意圖以理想化的形象將過往納入當代；而是企圖以暫時性的物象表達過往理念的精粹，賦予它們考古學式的驗證及一種由音樂所代表的永恆的成份。」引自 Irit Rogoff:

Gustav Klimt: A Brigdehead to Modernism。收於：Intellectual and the Future in the Habsburg Empire，倫敦，1987年，第36頁。

（19）見註7，Schorske 氏著作第200頁以下。

（20）有關分離派早期歷史最新的綱要參見 Wolfgang Hilger: Geschichte der »Vereinigung bildender Künstler Österreichs« Secession 1897–1918。收於：Die Wiener Secession. Die Vereinigung bildender Künstler 1897–1985，維也納，1986年，第9頁以下。

（21）引自註3：Nebehay 氏著作，1969年，第135頁。

（22）引自 Ver Sacrum 創刊號，1898年1月，第27頁。

（23）分離派原始的構想是將分離派會館（Secession Building）建在環城道路（Ringstraße）之上。維也納市議會原本已經同意了這個計畫，但是後來卻無疾而終，原因之一是因為有人懷疑分離派是否真是一種「現代藝術運動」。當建築師歐布利希（Olbrich）呈上他的企畫案時，市議會改變心意，決定不讓分離派會館建築在環城道路中各項宏偉的公共建築之間。從城市計畫的觀點來看，分離派會館的預定位置相當凸出，如果這一計畫成功，會館與分離派可能獲得遠超過市議會打算賦予他們的地位及權威。」參見 Otto Kapfinger/Adolf Krischanitz: Die Wiener Secession. Das Haus: Entstehung, Geschichte, Erneuerung，維也納、科隆、格拉茲，1986年，第15頁以下。

（24）引自 Ver Sacrum，創刊號，1898年1月，第1、2頁。

（25）引自註4：Bahr 演講錄，1901年，第10頁。

（26）見展覽目錄，引自註20，Hilger 氏著作，第13頁。

（27）1898年為慶祝奧皇約瑟夫·法蘭茲（Kaiser Franz Joseph）登基五十週年，奧地利美術家公會——藝術家之屋（Künstlerhaus）分離而出的分離派為與之一較高下，打算安排一次活動。這一活動原訂地點在園藝協會（Gartenbaugesellschaft）的建築之內，也是奧地利美術家公會用以舉辦活動的地點。分離派的這個舉動，用意在及時加入為奧皇登基五十週年所舉辦的各種藝文活動。

（28）見 Berta Zuckerkandl: Ich erlebte fünfzig Jahre Weltgeschichte. 斯德哥爾摩，1939年，引自註3，Nebehay 氏著作，1969年，第135、136頁。

（29）引自註3，Nebehay 氏著作，1969年，第149頁。

（30）見 Ver Sacrum，創刊號，1898年1月，第3頁。

（31）見註7，Schorske 氏著作第215頁以下。

（32）同上，第216頁。

（33）見：Die Kunst für alle，慕尼黑，1900年。引自註2：Hofmann 氏著作，1970年，第23頁。

（34）同上，第218頁。

（35）分離派致教育部長哈爾特爾（Hartel）的請願書（1900年3月26日）值得我們注意。以藝術自由為名，分離派的藝術家們要求國家的保護。

由是由國家的贊助、支持與干預造成的矛盾便逐漸成形。在請願書中也提到：「由於閣下是最合適的人士，在此我們謹針對威脅到藝術利益的事件向您提出抗議。……我們認為（〈哲學〉）為吾國藝術傑出之作，值得我們感到驕傲……如果任由某些位居要津，但不了解藝術的人士插手干預，藝術的自由發展便會遭到嚴重的斫傷。為此我們謹上呈此一請願書，盼您提供藝術所需之保護，若無您的支持，這一甫萌芽，而前途無量的發展必將大受挫折。」引自 Fritz Karpfen：Österreichische Kunst. Gegen-wartskunst，維也納，1923年，第26頁。

（36）引自註3：Nebehay 氏著作，1969年，第240頁。

（37）引自註7：Schorske 氏著作，第228頁。

（38）見註2：Hofmann 氏著作，1970年，第23頁。

（39）見 Berta Zuckerkandl: Zeitkunst – Wien 1901–1907，引自：Gustav Klimt. Zeichnungen（展覽目錄），漢諾威，1984年，第149、150頁。在一次由貝塔‧儲克坎朵（Berta Zuckerkandl）所記載的資料中，克林姆提及教育部長哈爾特爾（Hartel）在這整個複雜事件中的個人角色。對於政府支持與資助分離派的指責愈多，指責教育部長的聲音也愈激烈，於是哈爾特爾便轉而批評分離派與分離派藝術家。

（40）引自註7：Schorske 氏著作，第237頁。

（41）同上，第238頁。

（42）同上，第238頁。

（43）引自 Christian M. Nebehay：Gustav Klimt. Sein Leben nach zeitgenössi-schen Berichten und Quellen，慕尼黑，1976年，第171頁。

（44）見註2：Hofmann 氏著作，1970年，第24頁。

（45）引自 Fritz Novotny/Johannes Dobai：Gustav Klimt，薩爾茨堡，1967年，第388頁。

（46）同上。

（47）引自：Gustav Klimt. Zeichnungen（展覽目錄），漢諾威，1984年，第144頁。

（48）引自註7：Schorske 氏著作，第240頁。

（49）見 Hermann Bahr：Meister Olbrich。收於 Gotthard Wunberg 所編：Die Wiener Moderne. Literatur, Kunst und Musik zwischen 1890 und 1910，司圖加特，1981年，第510頁。

（50）引自註3：Nebehay 氏著作，1969年，第349頁。

（51）見 Rudolph Lothar：Von der Secession。引自 Gotthard Wunberg 所編：Das Junge Wien. Literatur- und Kunstkritiker 1887–1902，第2卷，杜賓根，1976年，第921、922頁。

（52）同上。

（53）早在1902年路德維希‧黑維希（Ludwig Hevesi）便在對此展覽的評論中遺憾的說道：「如果這件（貝多芬飾帶）以及展覽的其他作品只供暫時歌頌貝多芬，其後即予拆除，那麼奧地利藝壇術將會遭到無可估計的損失，而一幅曠世巨作也將成為貝多芬祭壇上的燔祭。」引自：Gustav Klimt. Zeichnungen（展覽目錄），漢諾威，1984年，第147頁。

（54）1970年奧地利的社會黨政府接掌政權，新任總理布魯諾‧克萊斯基（Bruno Kreisky）建議貝多芬飾帶的擁有者埃里希‧雷德勒（Erich Lede-rer），將儲存在奧地利畫廊，收存情況惡劣，嚴重受損的該作品轉售給政府修復。1974年奧地利聯邦文物古蹟維護局（Österreichisches Bundes-denkmalamt）於是著手修復。

（55）引自註7：Schorske 氏著作，第248頁。

（56）見 Werner Hofmann：Gesamtkunstwerk Wien。收於：Der Hang zum Gesamtkunstwerk（展覽目錄），阿勞、法蘭克福，1983年，第88頁。

（57）見 Marian Bisanz-Prakken：Der Beethoven-Fries von Gustav Klimt in der XIV. Ausstellung der Wiener Secession（1902）。收於：Wien 1870–1930. Traum und Wirklichkeit（展覽目錄），薩爾茨堡、維也納，1984年，第537頁。

（58）見 Fritz Novotny 為註7，Novotny/Dobai 合撰的著作所作的序言，第36頁。此處展覽評論家黑維希（Hevesi）針對克林姆作品中的象徵含意說了一段值得注意的話：「克林姆在此要表達人類對幸福的渴求。但這僅是個大略的解釋，因為象徵譬喻的目標本來就不在使人全然瞭解其內涵。」引自：Gustav Klimt. Zeichnungen（展覽目錄），漢諾威，1984年，147頁。

（59）引自 Jost Hermand：Der Schein des schönen Lebens. Studien zur Jahr-hundertwende，法蘭克福，1972年，第148頁。

（60）見 Werner Hofmann：Das Fleisch erkennen。收於 Alfred Pfabigan 所編：Ornament und Askese im Zeitgeist des Wien der Jahrhundertwende，維也納，1985年，第122、123頁。

（61）見 Gert Mattenklott：Figurenwerfen. Versuch über Klimts Zeichnungen。收於：Gustav Klimt. Zeichnungen（展覽目錄），漢諾威，1984年，第291頁。

（62）見 Eva di Stefano 所撰文。收於：Wolfgang Pircher 所編：Debut eines Jahrhunderts. Essays zur Wiener Moderne，維也納，1985年，第124、125頁。

（63）同上，第122頁。

（64）同上，第125頁。

（65）引自註7：Schorske 氏著作，第238頁。

（66）見 Arthur Roessler：Klimt und seine Modelle。收於：Arbeiterzeitung，1953年8月15日號第10、11版。

（67）Bertha Zuckerkandl，引自註3：Nebehay 氏著作，1976年，第262、263頁。

（68）引自 Thomas Zaunschirm：Gustav Klimt – Margarethe Stonborough-Witt-genstein. Ein österreichisches Schicksal，法蘭克福，1987年，第17頁。

（69）引自註3：Nebehay 氏著作，1969年，第56頁。

（70）見 Alessandra Comini：Fantastic Art of Vienna，紐約，1978年，第15頁（生與死在生物循環往復的大輪迴中同時存在。）

（71）見 Otto Weininger：Geschlecht und Charakter. Eine prinzipielle Unter-suchung，慕尼黑，1980年，第281、282頁與288頁。這裡引自 Jacques Le Rider: Modernismus/Feminismus – Modernität/Virilität. Otto Weininger und die asketische Moderne。收於註10：Pfabigan 氏所編著作。

（72）引自註3：Nebehay 氏著作，1969年，第428頁。

（73）為這兩件〈希望〉所做的詮釋，可參考註 62，Stefano 所撰文，第 109 頁以下。

（74）見 Hans Helmut Hofstätter: Gustav Klimt – Erotische Zeichnungen，Louisa Seilern 編，科隆，1979 年，第 18 頁以下。

（75）見 Alessandra Comini: Titles Can Be Troublesome: Misinterpretations in Male Art Criticism。收於：Art Criticism，第 1 卷，第 2 號，紐約，1979 年。

（76）見 Felix Salten: Gustav Klimt. Gelegentliche Anmerkungen，維也納、萊比錫，1903 年。引自：Otto Breicha 所編：Gustav Klimt. Die goldene Pforte. Werk – Wesen – Wirkung. Bilder und Schriften zu Leben und Werk，薩爾茨堡，1978 年，第 31、32 頁。

（77）見 Eduard Sekler: Josef Hoffmann. Das architektonische Werk，薩爾茨堡，1982 年，第 94 頁。

（78）史托克列飾帶（Stoclet Fries）是以馬賽克、金屬、瓷釉、陶料和黃金等為材料，鑲嵌在十五塊大理石版上。維也納工作坊（Wiener Werkstätte）與應用藝術學校（Kunstgewerbeschule）皆參與製作。見 Alice Strobl: Gustav Klimt. Die Zeichnungen，第 2 卷，1904–1912 年，薩爾茨堡，1982 年，第 139、140 頁。

（79）質料本身據說就值 100000 克朗（Krone）。所以史托克列飾帶不僅顯示了委託者的財富，也使財富「具體化」了。

（80）見 Alois Riegl: Historische Grammatik der bildenden Künste，引自註 2：Hofmann 著作，1970 年，第 41 頁。

（81）見 Alois Riegl: Historische Grammatik der bildenden Künste，格拉茲、科隆，1966 年，第 21 頁。

（82）見註 58：Novotny/Dobai 合撰著作，第 388 頁。

（83）見 Joseph August Lux: Die Spaltung der Wiener Secession。收於：Hohe Warte，第一次刊行年度 1904/05 年，第 318 頁。

（84）維也納工作坊（Wiener Werkstätte）是由應用藝術學校（Kunstgewerbeschule）的兩位教授約瑟夫·霍夫曼（Josef Hofmann）和科羅曼·摩瑟（Koloman Moser），以及工業家弗里茨·威爾朵夫（Fritz Wärndorfer）共同建立的。他們的目標是生產和行銷質量俱佳的工藝品。「……（目標）在為會員提供工藝方面的訓練與教育，依據合作社會員的圖稿製造與會員相關的各類工藝品。設立更多的工作坊，並藉由產品的銷售以促進會員的經濟利益。」見 Elisabeth Schmuttermeier 收於 Traum und Wirklichkeit，Wien，1870 - 1930（展覽目錄，維也納，1985 年）中的：Die Wiener Werkstätte，該文轉錄自維也納公司註冊登記錄，第 336 頁資料。雖然維也納工作坊得以實現他們在藝術上的理想，但是在經濟上卻後繼無力，因為他們想以機械化大量生產的方式為一小撮菁英份子製造昂貴的工藝產品，結果維也納工作坊在 1932 年宣告關閉。

（85）見註 20：Hilger 氏著作，第 49 頁。

（86）見註 58：Novotny/Dobai 合撰著作，第 49 頁。

（87）見 Josef August Lux: [...] Deutsche Kunst und Dekoration, XXIII，1908/09 年，第 44 號。引自註 2：Hofmann 氏著作，1970 年，第 11、12 頁。

（88）引自註 2：Hofmann 氏著作，1970 年，第 12 頁。

（89）見：Kunstschau Wien 1908 的目錄。引自：Gustav Klimt. Zeichnungen（展覽目錄），漢諾威，1984 年，150 頁。

（90）見 Alfred Lichtwark: Reisebriefe，1924 年。引自註 58：Novotny/Dobai 合撰著作，第 389 頁。

（91）見 Hans Tietze: Gustav Klimts Persönlichkeit. Nach Mitteilungen seiner Freunde。引自：Die bildenden Künste，2，1919 年，第 1–2 期，第 9 頁。

（92）見註 3：Nebehay 氏著作，1969 年，第 32 頁。引自 Alessandra Comini: Gustav Klimt. Eros und Ethos，薩爾茨堡，1975 年，第 9 頁。克林姆自稱「我不是個特別有意思的人」一段話引自註 76：Breicha 所編著作，第 33 頁。

（93）此處赫爾米娜·克林姆（Hermine Klimt）對她哥哥的看法，由羅莎·普爾－利瑪（Rosa Poor-Lima）記錄。見：Eine alte Wiener Künstlerfamilie – Das Erbe des Maler-Apostels Gustav Klimt。收於：Neues Wiener Tageblatt，1940 年 12 月 29 日號轉錄之註 3，Nebehay 氏著作，1969 年，第 26 頁。

（94）見註 91：Tietze 氏著作，第 1 頁。

（95）見註 3：Nebehay 氏著作，1969 年，第 184 頁。

（96）同上，第 183 頁。

（97）見 Christian M. Nebehay: Gustav Klimt schreibt an eine Liebe。引自：Klimt – Studien（Mitteilungen der Österreichischen Galerie，第 66/67 號），維也納，1978/79 年，第 103 頁。

（98）見註 2：Hofmann 氏著作，1970 年，第 16 頁。

（99）見：Inselräume. Teschner, Klimt & Flöge，出版地點未註明，1988 年，第 12 頁。

（100）見 Johannes Dobai: Gustav Klimt. Die Landschaften，薩爾茨堡，1981 年，第 13 頁。

（101）同上，第 14 頁。

（102）同上，第 19 頁。

（103）見 Alois Riegl: Die Stimmung als Inhalt der modernen Kunst. Graphische Künste，第二二期，1899 年，第 49 頁以下。再版收錄於 Riegl 氏：Gesammelte Aufsätze，奧斯堡、維也納，1928 年。

（104）同上，第 28 頁。事實上，阿洛伊斯·里格爾（Alois Riegl）對藝術的社會功能的結論和分離派「世俗化的藝術宗教」頗為相近：「大自然僅偶爾提供的少數經歷，藝術要用魔法將其召回。我們稱為純藝術的藝術，是一種超越了實用與裝飾功能的藝術，它自始至中僅有一個目標，即向人類證明的確有一種俗世生活缺乏，但卻是人類渴盼的秩序與和諧存在。沒有這種秩序與和諧，生活便會變得令人無法忍受。」同上，第 31 頁。

（105）見 Dobai 氏著作第 20 頁。

（106）見 Anselm Wanger: Aspekte der Landschaft bei Gustav Klimt。引自註 99 一書，第 45 頁。

（107）見 Hermann Bahr: Gegen Klimt，維也納，1903 年。引自：Gustav Klimt. Zeichnungen（展覽目錄），漢諾威，1984 年。

（108）見註 9：Mattenklott 氏著作，第 27、28 頁。

（109）同上，第 27 頁。

（110）見 Eduard Fuchs：Geschichte der erotischen Kunst. Das individuelle Problem II，柏林，1977年，第270頁。

（111）見註9：Mattenklott氏著作，第32頁。

（112）引自註3：Nebehay氏著作，1976年，第259頁。

（113）見 Werner Hofmann：Einsame Zwiegespräche。收於：art，第五期，1980年，第77頁。

（114）同上，第79頁。

（115）見註9：Mattenklott氏著作，第34頁。

（116）見 Hans Bisanz: Gustav Klimt – Zeichnungen und Vorstellungsbilder des Seelischen。收於：Gustav Klimt. Zeichnungen（展覽目錄），漢諾威，1984年，第14頁以下。

（117）在這種背景之下，即使是看起來不值一提的小因素也變得相當重要，例如克林姆創作時喜歡穿著所謂的「畫家罩衫」，也喜歡穿著這種罩衫讓人拍照。由圖片上克林姆和艾米麗·福勒格（Emilie Flöge）的穿著，我們可以看出，這種服裝很像當時女權運動者喜愛的樣式，事實上，克林姆甚至還為艾米麗的沙龍設計了類此的服裝。

（118）相關論點可見於 Jacques Le Rider的論文：Modernismus/Feminismus – Modernität/Virilität. Otto Weininger und die asketische Moderne。收於註10：Pfbigan氏著作；另見於：Christina von Braun：Männliche Hysterie Weibliche Askese. Zum Paradigmenwechsel in den Geschlechterrollen。收於：Karin Rick所編：Das Sexuelle, die Frauen und die Kunst，杜賓根，出版年度未載明，第10頁以下。

（119）見 Otto Weininger：Geschlecht und Charakter. Eine prinzipielle Untersuchung，慕尼黑，1980年，第90頁。這裡是引自 Le Rieder。承蒙西維亞·艾伯麥爾（Sylvia Eiblmayer）小姐指點參考克里斯蒂安·凡·布勞恩（Christina von Braun）的論文並為筆者推薦「（自我）女性化」的論點，謹在此致謝。

（120）見 Hans Tietze：Gustav Klimt。收於：Kunstchronik. N.F. XXIX，1917–18年，第219頁。

（121）見 Berta Zuckerkandl收於：Zeitkunst – Wien 1901–1907一文，引自：Gustav Klimt. Zeichnungen（展覽目錄），漢諾威，1984年，第149頁。

（122）見 Hermann Bahr：Rede über Klimt，維也納，1901年，第14頁。

（123）見 Anton Feistauer：Neue Malerei in Österreich，蘇黎世、萊比錫、維也納，1923年，第11頁：「情慾扮演著決定性的角色，他對女人的口味幾乎是土耳其式的……」以及「他就像一個真正的近東男子般，喜愛奢華的享受與安靜的生活，。他的外表甚至也像個個東方人，他很和善慷慨，過著真正的單身漢生活，像其他奧地利光棍兒一樣，喜歡歌歌、豪飲、女人和賭博。」（同上，第13頁）

（124）很難判斷漢斯·帝則（Hans Tietze）此處是否採用心理分析上的意義，也就是「無法以適當的方式宣洩性慾（Libido）所引起的焦慮」（見：J. Laplanche/J. B. Pontalis：Das Vokabular der Psychoanalyse，法蘭克福，²1975年，第一卷，第324頁），或者他採用的是此一概念較為古老而廣泛的意義，即一種源自生理的過度負荷與刺激所導致的精神耗弱。

（125）見註91：Hans Tietze氏所著之 Gustav Klimts Persönlichkeit，第10頁。

（126）見 Werner Hofmann：Das Fleisch erkennen。引自註10：Pfabigan氏著作，第122頁。

（127）見 Weininger氏著作。引自註2：Hofmann氏著作，1970年，第35頁。

（128）見 Jean-Michel Palmier：Träume um Egon Schiele。收於 Wolfgang Pircher所編：Debut eines Jahrhunderts. Essays zur Wiener Moderne，維也納，1985年，第129頁以下。

（129）見 Max Eisler：Gustav Klimt，維也納，1920年，第22、23頁。

（130）見 Nike Wanger：Geist und Geschlecht. Karl Kraus und die Erotik der Wiener Moderne，法蘭克福，1983年，引自：Gustav Klimt. Zeichnungen（展覽目錄），漢諾威，第23頁。

（131）見註5：Zaunschirm氏著作，第56頁以下。

（132）同上，第35頁。

（133）見註4：Bahr氏著作，1901年，第17頁。

（134）見 Peter Altenberg：Bilderbogen des kleinen Lebens，柏林，1909年（此處的引言是針對1908年藝術展中展出的克林姆作品而發的）。引自註3：Nebehay氏著作，1969年，第423頁。

（135）見註45：Novotny/Dobai合撰著作，第45頁。

（136）見註2：Hofmann氏著作，1970年，第49頁以下。

參考書目

BAHR, Hermann：Rede über Klimt，維也納，1901年

BAHR, Hermann：Gegen Klimt，維也納，1903年

BAHR, Hermann：Gustav Klimt. 50 Handzeichnungen，萊比錫、維也納，1922年

BISANZ, Hans：Gustav Klimt. Zeichnungen und Vorstellungsbilder des Seelischen。收於：Gustav Klimt. Zeichnungen (展覽目錄)，漢諾威，1984年，第13–22頁

BISANZ, Hans：Ornament und Askese。收於：Alfred Pfabigan所編：Ornament und Askese im Zeitgeist des Wien der Jahrhundertwende，維也納，1985年，第130–141頁

BISANZ-PRAKKEN, Marian：Gustav Klimt. Der Beethovenfries. Geschichte, Funktion und Bedeutung，薩爾茨堡，1977年，增訂版於慕尼黑，1980年。儘管在本書出版後貝多芬飾帶已修復完成，提供我們重新審視此一飾帶的機會，而一般大眾也得以親自觀賞這件作品，本書仍然是探討克林姆這件主要作品最重要的資料來源。

BISANZ-PRAKKEN, Marian：Der Beethovenfries von Gustav Klimt in der XIV. Ausstellung der Wiener Secession。收於：Wien 1870–1930. Traum und Wirklichkeit (展覽目錄)，薩爾茨堡、維也納，1984年

BREICHA, Otto所編：Gustva Klimt. Die goldene Pforte. Werk – Wesen – Wirkung. Bilder und Schriften zu Leben und Werk，薩爾茨堡，1978年。這是包含了七十多年資料的文獻總輯，資料引據鉅細靡遺，翔實記錄了許多當時人士對克林姆作品的評論，加以圖片豐富，是研究克林姆珍貴的參考資料。

COMINI, Alessandra：From Façade to Psyche, the Persistence and Transformation of Portraiture in Fin-de-Siècle Vienna。收於 Tibor Horvath 所編：Evolution générale et développements régionaux en histoire de l'art. Acts of the Twenty-Second International Conference of Art Historians，1969年，布達佩斯

COMINI, Alessandra：Vampires, Virgins and Voyeurs in Imperial Vienna。收於 Thomas B. Hess/Linda Nochlin所編：Women as Sex Objects. Art News Annual 38，紐約，1972年。另收於：Women as Sex Objects. Studies in Erotic Art 1730–1970，倫敦，1973年，第207–221頁

COMINI, Alessandra：Gustav Klimt，倫敦，1975年

COMINI, Alessandra：The Fantastic Art of Vienna，紐約，1978年

COMINI, Alessandra：Titles Can Be Troublesome：Misinterpretations In Male Art Criticism。收於：Art Criticism，第1卷，第2期，紐約，1979年

DOBAI, Johannes：Das Frühwerk Gustav Klimts，維也納，1958（手稿）

DOBAI, Johannes：Zu Gustav Klimts Gemälde »Der Kuß«。收於：Mitteilungen der Österreichischen Galerie，第12出版年度，1968年，第56期，第83–142頁

DOBAI, Johannes：Klimt's Hope I。收於：The National Gallery of Canada Bulletin，17/1971年

DOBAI, Johannes：Opera completa di Klimt，米蘭，1978年

DOBAI, Johannes：Gustav Klimt. Die Landschaften，薩爾茨堡，1983年

EISLER, Max：Gustav Klimt，維也納，1920年

EISLER, Max所編：Gustav Klimt. Eine Nachlese，維也納，1931年；1946年第二刷

FLIEDL, Gottfried：Das Weib macht keine Kunst, aber den Künstler. Zur Klimt-Rezeption。收於 Renate Berger/Daniela Hammer-Tugendhat: Der Garten der Lüste. Zur Deutung des Erotischen und Sexuellen bei Künstlern und ihren Interpreten。科隆，1985年，第89–149頁

HATLE, Ingomar：Gustav Klimt. Ein Wiener Maler des Jugendstils。格拉茲，1955年（未出版的博士論文）

HEVESI, Ludwig：Acht Jahre Secession. Kritik – Polemik – Chronik，維也納，1906年

HEVESI, Ludwig：Kunstschau in Wien 1908。收於：Zeitschrift für Bildende Kunst。萊比錫，1908年，第19期，第245頁以下

HEVESI, Ludwig：Altkunst 悒 Neukunst，維也納，1909年

HILGER, Wolfgang：Geschichte der »Vereinigung bildender Künstler Österreichs« Secession 1897–1918。收於：Die Wiener Secession. Die Vereinigung bildender Künstler 1897 悒 1985，維也納、科隆、格拉茲，1985年

HOFMANN, Werner：Gustav Klimt und die Wiener Jahrhundertwende，薩爾茨堡，1970年。雖然這本書出版至今已28年，仍是研究克林姆作品的論著中的精采之作。書中提供了對奧地利文化史寬廣的視野，同時作者還以批判性的觀點分析克林姆作品，以及哈布斯堡王朝末期的藝術和文化狀況。

HOFMANN, Werner：Einsame Zwiegespräche。收於：art，第5期，1980年

HOFMANN, Werner：Gustav Klimt。收於：Experiment Weltuntergang：Wien um 1900（展覽目錄）

HOFMANN, Werner：Gesamtkunstwerk Wien。收於 Harald Szeemann所編：Der Hang zum Gesamtkunstwerk – Europäische Utopien seit 1800（展覽目錄），阿勞、法蘭克福，1983年，第84頁以下

HOFMANN, Werner：Das Fleisch erkennen。收於 Alfred Pfabigan所編：Ornament und Askese im Zeitgeist des Wien der Jahrhundertwende，維也納，1985年，第120–129頁

HOFMANN, Werner：Gustav Klimt。收於：Vienne 1880–1938: L'apocalypse joyeuse（展覽目錄），巴黎，1986年，第192–227頁

GUSTAV, KLIMT: 50 Handzeichnungen，附有 Hermann Bahr 所撰的序言。

Klimt Gedächtnisausstellung. XCIX. Ausstellung der Vereinigung Bildender Künstler Wiener Secession（目錄），維也納，1928年

GUSTAV KLIMT 1862–1918. Zeichnungen

GUSTAV KLIMT. Zeichnungen aus amerikanischem Privatbesitz, ausgewählt von Serge Sabarsky, und aus Beständen des Historischen Museums der Stadt Wien（展覽目錄），維也納，1984年

Emilie Flöge und Gustav Klimt. Doppelporträt in Ideallandschaft（展覽目錄），維也納，1988/89年

»Klinger. Beethoven«. XIV. Ausstellung der Vereinigung Bildender Künstler Österreichs. Secession（1902年4月至6月的展覽目錄），維也納，1902年

LUX, Joseph August: XIV. Ausstellung der Vereinigung Bildender Künstler Österreichs – Secession 1902. Klingers Beethoven und die moderne Raum-Kunst。收於：Deutsche Kunst und Dekoration，達姆施塔特，1902年，10，第1期，第475頁以下

LUX, Joseph August: Kunstschau Wien 1908。收於：Deutsche Kunst und Dekoration，達姆施塔特，1908/09年，23，第1期，第33–61頁

MATTENKLOTT, Gert: Figurenwerfen. Versuch über Klimts Zeichnungen。收於：Gustav Klimt. Zeichnungen（展覽目錄）。漢諾威，1984年，第27–35頁。這篇論文是由德國文學研究者所著，是描述和分析克林姆情色素描中「孤獨的對話」——意指觀者與作品的關係——值得一讀的作品。

NEBEHAY, Christian M. 所編：Gustav Klimt Dokumentation，維也納，1969年。即使本書有不少疏忽與過時的資料，且卷帙繁多，但因原始資料引據豐富詳盡，對想研究克林姆生活和作品的人仍是不可或缺的參考資料。

NEBEHAY, Christian M.: Gustav Klimt. Sein Leben nach zeitgenössischen Berichten und Quellen，慕尼黑，1976年

NEBEHAY, Christian M.: Gustav Klimt. Das Skizzenbuch aus dem Besitz von Sonja Knips，維也納，1987年

NOVOTNY, Fritz: Zu Gustav Klimts »Schubert am Klavier«。收於：Mitteilungen der Österreichen Galerie，薩爾茨堡，1963年，7，第51期，第90頁以下

NOVOTNY, Fritz/DOBAI, Johannes: Gustav Klimt，薩爾茨堡，1967年。本書是第一本收有克林姆畫作以及建築裝飾作品的目錄，研究者案頭必備，其中列舉的參考書目相當齊全。

PIRCHAN, Emil: Gustav Klimt. Ein Künstler aus Wien，維也納、萊比錫，1942年，維也納；1956年第二刷

ROGOFF, Irit: Gustav Klimt: A Bridgehead to Modernism 收於：Intellectuals and the Future in the Habsburg Empire，倫敦，1987年，第29頁以下

SCHORSKE, Carl: Wien – Gesellschaft im Fin-de-siècle，法蘭克福，1982年。在這本書中有關克林姆的這一章，是從文化史角度切入，分析克林姆生活和作品。在霍夫曼1970年出版的論著之後，本文是唯一就社會與文化史背景探討克林姆重要作品（如〈學系繪畫〉）與開放的自我危機之意義的論述。

STEFANO, Eva di: Die zweigesichtige Mutter。收於 Wolfgang Pircher 所編：Début eines Jahrhunderts. Essay zur Wiener Moderne，維也納，1985年，第109–126頁

STROBL, Alice: Gustav Klimt. Zeichnungen und Gemälde，薩爾茨堡，1962年；1965年第2刷；1968年第三刷

STROBL, Alice: Zu den Fakultätsbildern von Gustav Klimt。收於：Albertina-Studien，維也納，1964年，第2刊行年度，第4卷，第138–169頁

STROBL, Alice: Gustav Klimt in der Kritik seiner Zeit。收於：Weltkunst，第9期，第46刊行年度，1976年，第845–855頁

STROBL, Alice: Gustav Klimt. Die Zeichnungen，第一冊：1878–1903，薩爾茨堡，1980年。第二冊：1904–1912，薩爾茨堡，1982年。第三冊：1912–1918，薩爾茨堡，1984年。此目錄收有所有出處可資查考的素描作品。

VARNEDOE, Kirk: Wien 1900. Kunst, Architektur und Design，科隆，1987年

VERGO, Peter: Gustav Klimt's Beethoven Frieze。收於：The Burlington Magazine，115，1973年，第109–113頁

VERGO, Peter: Gustav Klimts »Philosophie« und das Programm der Universitätsgemälde。收於：Mitteilungen der Österreichischen Galerie, 22/23，1978/79年，第69–100頁

Wien 1870–1930. Traum und Wirklichkeit（展覽目錄），薩爾茨堡、維也納，1984年

Wien um 1900（展覽目錄），維也納，1964年

WORBS, Michael: Nervenkunst. Literatur und Psychoanalyse im Wien der Jahrhundertwende，法蘭克福，1983年

WUNBERG, Gotthard 所編：Die Wiener Moderne. Literatur, Kunst und Musik zwischen 1890 und 1910，司圖加特，1981年

ZAUNSCHIRM, Thomas: Gustav Klimt – Margarethe Stonborough-Wittgenstein. Ein österreichisches Schicksal，法蘭克福，1987年。這一篇僅探討一幅畫作的研究，旨在分析肖像畫的產生背景，以及畫中人物在真實生活中的角色與經過克林姆風格化後畫中角色的差異。

The publisher would like to express his gratitude to all museums,
galleries, collectors, archives and photographers
for their help in providing photographic material.
Whenever possible, we have quoted the location and owner of each work, together
with its title. We would also like to thank the following persons and institutions:
Galerie Welz, Salzburg (pp. 16, 17, 18, 47, 52, 58, 76, 83,
85, 87, 89, 90, 94, 121, 143, 174, 175, 186, 187, 204, 209, 221, 224);
Artothek, Planegg (pp. 2, 13, 34, 48, 55, 108, 109, 113, 114, 117, 122,
137, 141, 142, 176, 181, 184, 185, 200, 205, 215, 218, 229);
Foto Fürböck, Graz/Austria (p. 197);
Photobusiness Meyer, Leopoldsdorf/Vienna (pp. 28–31);
the photographers Hans Wiesenhofer, Vienna (pp. 22–27, 96–99)
and Hans Riha, Vienna, (pp. 106–107)
and Ernst und Sohn, Publishers, Berlin (p. 154).